Xavier-Laurent Petit

Le fils de l'Ursari

l'école des loisirs
11, rue de Sèvres, Paris 6ᵉ

Du même auteur à *l'école des loisirs*

Collection MÉDIUM

L'oasis
Fils de guerre
L'homme du jardin
Les yeux de Rose Andersen
Maestro !
Be safe
Il va y avoir du sport mais moi je reste tranquille (collectif)
L'attrape-rêves
Itawapa
Un monde sauvage

© *2016, l'école des loisirs, Paris*
Loi n° 49.956 du 16 juillet 1949 sur les publications
destinées à la jeunesse : septembre 2016
Dépôt légal : septembre 2016

ISBN 978-2-211-23007-0

À Marie.

*À la famille rom croisée
rue du Faubourg-Saint-Antoine
au cours de l'hiver 2014.*

*Merci à Marc Ballandras pour son initiation
– brève, mais indispensable – au très silencieux monde
des tournois d'échecs. J'espère qu'il saura
me pardonner mes approximations !*

1

Un matin, Mică est morte.

C'était notre voiture.

Arrivée au sommet d'une côte, elle a lâché un pet effroyable et s'est arrêtée net. La cage de Găman a cogné l'arrière de la caravane, et mon père a poussé un juron. On n'a plus entendu que les piaillements des oiseaux qui s'enfuyaient et les ronflements de Mammada. Lorsque grand-mère dort, rien ne saurait la réveiller.

Mică était une spécialiste des pannes et ce n'était pas la première fois qu'elle nous laissait au bord de la route. Lorsque Daddu, mon père, a ouvert le capot, l'intérieur ressemblait à une bouillie de cambouis et de ferraille, un liquide noirâtre dégoulinait sur la route, et de la fumée s'échappait du moteur... Il nous a lancé un coup d'œil navré.

– Cette fois, c'est grave, a-t-il annoncé.

Rien n'aurait pu ressusciter Mică.

À son habitude, m'man n'a rien dit et ma sœur a vérifié son maquillage dans le rétroviseur. Depuis quelques mois, rien ne semblait plus important pour Vera que la longueur de ses cils et la couleur de ses lèvres. Dimetriu, mon frère, s'est roulé une cigarette et Mammada a ouvert un œil. Găman, lui, tournait en grondant dans sa minuscule cage. Le choc l'avait réveillé de sa sieste et les ours n'aiment pas les réveils brutaux.

On a regardé autour de nous. D'un côté, des champs détrempés de pluie, de l'autre, une forêt qui escaladait les pentes. Tout au bout de la route, au fond de la vallée, une ville se recroquevillait dans la brume, hérissée de cheminées immenses.

Un chemin bourbeux s'enfonçait sous les arbres, juste à côté de l'endroit où Mică avait rendu l'âme.

— On pousse? a demandé Dimetriu.

— On pousse, a grommelé Daddu.

On s'y est tous mis. Y compris ma sœur avec son maquillage et Mammada, qui est vieille comme le monde.

On a d'abord poussé la voiture jusqu'à l'orée de la forêt, puis notre caravane, et enfin la cage de Găman. Il ne restait qu'à attendre.

Généralement, on n'attend pas longtemps parce que les gens ne nous aiment pas beaucoup, nous autres, les *Ursaris*, les montreurs d'ours.

Ils nous soupçonnent toujours du pire. Nous regardent comme des moins que rien. Nous traitent de vagabonds, de criminels, de voleurs d'enfants et de je ne sais quoi encore. Dès qu'on s'installe quelque part, les voisins nous jettent des coups d'œil assassins. S'ils pouvaient nous fusiller d'un seul regard, ils le feraient sans hésiter, mais, la plupart du temps, ils se contentent d'appeler le commissariat le plus proche. Les policiers accourent, armés jusqu'aux dents, et nous ordonnent d'aller nous faire pendre ailleurs.

– Dégagez de là ! C'est interdit.

Daddu se drape alors dans son manteau troué et leur jette un regard méprisant. Il affirme que nous sommes les fils du vent, les seigneurs du monde et les derniers descendants des pharaons d'Égypte. Voilà des siècles, dit-il, que l'empereur Sigismond en personne, roi de Bohême, de Hongrie, et margrave de Brandebourg, nous a accordé sa protection*. Quiconque s'en prend à nous s'en prend aussi à lui.

Les policiers ricanent. Ils ne connaissent pas l'empereur Sigismond. N'en ont jamais entendu parler. Il est mort depuis si longtemps que tout le monde l'a oublié. En revanche, ils ont reçu des ordres du commissaire, et n'ont besoin de rien d'autre pour nous mettre dehors.

Il n'y avait aucune raison pour que ça se passe autrement le jour de la mort de Mică. On a donc attendu l'arrivée de la police.

Dimetriu s'est éloigné vers la ville, et il s'est mis à pleuvoir. Une grosse pluie d'automne mêlée de neige et de bourrasques qui arrachaient les dernières feuilles des

---

* En 1417, Sigismond Iᵉʳ, empereur du Saint Empire romain germanique, accorde aux chefs de la communauté tsigane une lettre de protection leur permettant de circuler librement sur l'étendue de son empire.

9

arbres. C'est sans doute pour ça que la police n'est pas venue : la pluie ramollit les képis.

Le sol était si boueux et gorgé d'eau que les roues de Mică se sont peu à peu enfoncées dans le sol, comme si elles se soudaient à la terre. À son tour, notre caravane s'est enlisée, puis la cage de Găman.

En deux heures de temps, nous sommes devenus des nomades immobiles, embourbés à la lisière de la forêt. Enracinés dans la boue.

2

En fin d'après-midi, Dimetriu est revenu avec des nouvelles fraîches.

– La ville s'appelle Tămăsciu. Les usines sont des aciéries. Elles fonctionnent jour et nuit, et tous les gens d'ici y travaillent. Ça veut dire qu'ils ont de l'argent.

Il a allumé une cigarette.

– Ah, j'oubliais. Il y a un marché tous les jours.

Les aciéries, on s'en moquait, mais l'argent et le marché, c'étaient de bonnes nouvelles.

– J'en ai profité pour faire les courses, a ajouté mon frère.

Il a sorti de sa veste un lapin, quelques pommes de terre et un gros morceau de lard pour Găman. Mammada a battu des mains. Elle était vieille comme les pierres, mais elle avait un appétit d'ogre.

Plus tard, en France, quand je suis allé à l'école pour la première fois de ma vie, madame Beaux-Yeux m'a expliqué que ce que faisait Dimetriu, ça ne s'appelait pas faire les courses, mais voler. J'ai tenté de lui faire comprendre qu'elle se trompait. Dimetriu ne payait jamais les marchandises qu'il rapportait, c'est un fait. Mais payer, c'est une affaire de riches. Et nous, nous étions pauvres. Des protégés de l'empereur Sigismond ne pouvaient quand même pas se laisser mourir de faim !

Qu'aurait-elle fait à notre place, elle ? Madame Beaux-Yeux hochait la tête, légèrement troublée. Elle avait toujours un peu de mal à répondre à cette question.

Dimetriu disait qu'il ne faisait qu'emprunter, et qu'il rembourserait tout le monde dès qu'il aurait trouvé le moyen de gagner de l'argent. Les commerçants et les policiers n'étaient pas du même avis, mais Dimetriu avait deux atouts : un, il se faisait rarement surprendre, et deux, il courait bien plus vite que des policiers ventrus ou des commerçants repus. L'un des rares avantages qu'il y a à être pauvre, c'est qu'on est maigre.

M'man a fait cuire le lapin à la broche sur le feu de sapin qu'elle a réussi à allumer malgré la pluie. M'man est la reine du feu. Qu'il neige, qu'il vente ou qu'il tombe des cordes, elle arrive toujours à le faire prendre.

– Tu crois, a demandé Daddu en rongeant un os, qu'on pourra aller demain au marché avec Găman ?

Dimetriu a laissé échapper un petit rot.

– Sûr ! J'ai repéré un emplacement de l'autre côté du pont, juste en face du marché, avec un arbre.

Comme s'il avait compris, Găman a poussé un grognement d'ours satisfait avant d'engloutir un énorme morceau de lard.

On s'est ensuite allongés dans notre caravane, enfouis sous nos couvertures chaudes, à écouter la pluie tambouriner sur le toit. Le minuscule poêle et Mammada ronflaient ensemble, les policiers ne nous avaient pas encore chassés, on avait le ventre plein, et Daddu irait demain présenter son numéro avec Găman sur la place de Tămăsciu.

Finalement, les choses n'allaient pas si mal.

3

Le lendemain, on s'est installés sur la place de Tămăsciu, entre le marché et la rivière. Je tenais à pleines mains un morceau de lard discrètement « emprunté » à un charcutier du marché, et j'en enduisais le dos, la poitrine et les épaules de mon père.

– Mets-en une bonne couche, Ciprian. Bien partout.

– Si j'en mets trop, Găman va te dévorer tout cru.

Daddu a eu un petit rire, comme si c'était complètement impossible.

La vérité, c'est qu'à plusieurs reprises ce n'était pas passé très loin.

Găman a beau être le plus pacifique des ours, c'est quand même un ours. Il est si gros et si fort qu'il pourrait abattre un homme d'un seul coup de patte. C'est du moins ce que Daddu annonce aux spectateurs au début de son numéro.

Pour l'instant, il sommeillait, le museau entre les pattes. Un anneau de fer lui traversait le nez. L'anneau était soudé à une chaîne, elle-même attachée à l'unique arbre de la place. Dès que Găman commençait à faire l'imbécile, il suffisait de tirer un bon coup sur la chaîne. L'anneau lui tordait le nez, et la douleur le calmait aussitôt. Il faut savoir se faire obéir. Mais on avait rarement besoin d'en arriver là. La plupart du temps, Găman était doux comme un agneau.

Un très gros agneau avec des dents d'ogre, des griffes de tigre et une force herculéenne.

Les gens qui allaient ou revenaient du marché faisaient un large détour pour l'éviter, impressionnés par sa taille. Mais à peine l'avaient-ils dépassé qu'ils nous jetaient des coups d'œil dédaigneux.

J'ai posé le morceau de lard.

— Cette fois, je crois que tu en as partout.

Daddu a resserré ses bracelets de force autour de ses poignets. Les griffes d'ours tatouées sur ses phalanges semblaient presque vraies. Il a vérifié que son couteau était bien attaché à sa ceinture. Avec son manche d'ivoire et sa lame effilée comme un rasoir, le couteau de Daddu était une arme redoutable. Forgée comme un harpon, faite pour s'ancrer dans la chair et infliger de terribles blessures. Il le tenait de son père, qui lui-même le tenait de son père, qui lui-même... C'est ce que Mammada racontait. Bien avant le règne de l'empereur Sigismond, nous étions déjà des montreurs d'ours, et seuls les Ursaris possédaient de tels couteaux. C'est ma sécurité, disait Daddu. Au cas où les choses tourneraient mal avec Găman. Mais de mémoire d'homme, jamais aucun membre de notre famille n'avait utilisé son couteau contre les ours.

15

Un accord secret nous unissait à eux depuis des siècles. Nous étions faits pour vivre ensemble.

– Va préparer Găman.

En entendant son nom, Găman a ouvert un œil. Il s'est assis sur ses grosses fesses poilues et m'a regardé approcher.

On avait le même âge, lui et moi. Dix ans. Enfin... à peu près dix ans. Peut-être neuf, ou onze. Voire même douze... Chez nous, on ne se préoccupe pas trop de ces choses-là. Vera a à peu près l'âge de chercher un fiancé. Dimetriu a à peu près l'âge d'aller en prison si les policiers l'attrapent. Mammada a à peu près l'âge de mourir, et moi, j'ai à peu près l'âge de m'occuper de Găman, même s'il est cent fois plus gros, plus grand, plus fort et plus goinfre que moi.

Daddu, mon père, l'a décidé le jour où il a remarqué qu'en nous voyant côte à côte les gens riaient. Je suis si maigre que je ressemble à un ver de terre, et ça amuse les spectateurs qu'un gringalet de mon gabarit mène cette grosse montagne de poils et de muscles par le bout du nez. C'est le cas de le dire.

Găman a senti l'odeur du lard sur la peau de mon père.

– *Stil*, Găman ! Tranquille !...

J'ai un peu tiré sur l'anneau, histoire de lui rappeler qui était le patron.

Il a grogné. Il avait son regard des bons jours. C'est plus difficile quand il décide de faire sa mauvaise tête.

J'ai resserré sa muselière. Pas trop. Il fallait que chacun puisse voir la taille impressionnante de ses crocs. Je le répète, Găman n'est pas méchant. Il est juste grand, gros, fort et terriblement affamé. Et quand il a faim, c'est-à-dire à peu près tout le temps, rien ne l'arrête. Il a tendu une patte, puis l'autre, et j'ai solidement noué ses grosses moufles en cuir de bœuf. Elles étaient censées protéger Daddu des coups de patte, mais, même lorsqu'on les limait, les griffes de Găman étaient de véritables poignards, capables de traverser le plus épais des cuirs. Le dos de mon père était lacéré de cicatrices. Il aurait fallu... Je ne sais pas, moi... du cuir d'éléphant, de baleine, ou de mammouth, peut-être.

J'ai adressé un signe à Daddu. Găman était prêt. Le spectacle pouvait commencer.

4

Vera s'est d'abord avancée sous la neige qui commençait à tomber, fine comme du duvet d'oiseau. Daddu dit qu'une jolie fille, ça attire toujours les spectateurs. Elle s'est mise à chanter.

Podul de piatră sa dărâmat
A venit apa și la luat
Vom face altul pe riu, în jos...
Le pont de pierre s'est écroulé
L'eau est venue et l'a emporté
On en construira un autre sur la rivière...

Elle tourbillonnait en frappant son tambourin, les bras dressés vers le ciel. Quelques personnes se sont arrêtées pour la regarder, troublées par sa grâce et sa beauté.

Dans une dernière virevolte, Vera s'est éclipsée et Daddu s'est avancé au milieu de la place, le torse nu et la peau luisante de graisse sous les flocons. Il a sorti une craie de sa poche, a tracé un large cercle sur le sol, et s'est redressé.

– Approchez mesdameszémessieurs, laidizégentlemannes ! Venez applaudir le spectacle unique au monde d'un homme luttant à mains nues contre un ours. Oui ! Vous avez bien entendu. Contre un ours ! Pas un ourson maigrichon, mais un véritable fauve, féroce et indomptable, laidizégentlemannes, né au cœur des forêts les plus impénétrables. Une redoutable force de la nature, capable d'abattre un homme d'un simple coup de patte. Approchez ! Approchez ! Le spectacle le plus extraordinairement risqué, le plus fabulosistique et le plus gigantexceptionnel que vous puissiez admirer ici-bas va débuter !

Il a attrapé quelques flocons au vol en prenant soin d'exhiber les tatouages de ses phalanges.

– Voyez-vous ceci ? a-t-il braillé en rouvrant la main. Peut-être pensez-vous que c'est de la neige. Erreur, mesdameszémessieurs, laidizégentlemannes ! Ce qui tombe là, c'est le duvet des anges du paradis qui se penchent en ce moment même par-dessus les nuages pour ne pas perdre une miette du spectacle. Approchez, mesdameszémessieurs ! Approchez, laidizégentlemannes !

Plus que tout, Daddu tenait à son «laidizégentlemannes». Au cas où il y aurait eu des spectateurs étrangers dans la salle, disait-il.

Sauf qu'il n'y avait pas de salle, et encore moins de spectateurs étrangers.

Il a attendu un instant. Ceux qui s'étaient arrêtés pour regarder Vera prenaient maintenant le large. Seuls quelques gamins se sont approchés. Des petits morveux de cinq ou six ans.

Je me suis avancé à mon tour. Je tenais la chaîne de Găman qui se dandinait derrière moi, ses grosses pattes emmitouflées dans leurs moufles. Il connaissait son rôle. Il s'est de lui-même placé au centre du cercle de craie, s'est dressé de toute sa taille face à Daddu et a humé autour de lui. L'air sentait la neige, mais la peau de mon père sentait le lard et, à son habitude, Găman était affamé. Daddu s'est signé, a poussé un hurlement de sauvage et s'est précipité sur Găman. Il a agrippé son poil rêche à pleines mains tandis que les grosses pattes de l'ours se refermaient sur son dos. Ils sont restés un moment arc-boutés, presque immobiles, muscles tendus, chacun tentant de résister à la force de l'autre.

Le museau collé au torse de mon père, irrésistiblement attiré par l'odeur du lard, Găman cherchait à lécher sa peau. Daddu suait et soufflait presque aussi fort que lui, cramponné au pelage de l'ours dont les griffes lui écorchaient la peau.

Moi, je tenais ferme la chaîne. Si Găman devenait un peu trop agressif, j'étais chargé de tirer un grand coup sur l'anneau, histoire de lui rappeler les bonnes manières.

Daddu et l'ours tournaient sur eux-mêmes. Găman enserrait mon père qui tentait de le repousser de toutes ses forces. Ses muscles saillaient sous sa peau, son visage ruisselait et de grandes estafilades rouges zébraient déjà son dos sur toute la longueur.

Massés à distance, les petits mioches tapaient des mains et encourageaient l'ours à flanquer une bonne raclée à mon père. Ça me démangeait de lancer Găman aux trousses de ces petits crétins.

Daddu a soudain poussé un cri déchirant et mis un genou en terre, comme terrassé par son adversaire. De toute sa masse, Găman l'a bousculé comme un jouet, le museau en avant et les crocs saillants. Le bras levé pour protéger son visage, mon père tentait de résister. Les morveux ont reculé, impressionnés, et quelques curieux se sont enfin approchés, attirés par le spectacle affriolant d'un homme déchiqueté sous leurs yeux par un ours.

J'étais le seul à savoir que c'était du chiqué. C'est comme cela que Daddu appâtait les spectateurs. Ça faisait partie de son spectacle.

Il m'a lancé un coup d'œil, j'ai discrètement tiré sur la chaîne. Găman a immédiatement reculé. Daddu s'est alors relevé d'un bond et a foncé sur lui, tête la première. L'ours a encaissé le choc sans broncher. Les braillements des gamins ont redoublé. Sur le cou de mon père, les veines palpitaient. De toutes ses forces, il tentait de chasser l'ours en dehors du cercle de craie. Găman a grogné comme s'il se mettait en colère. Quelques spectateurs ont poussé un cri. Mais pour qui connaissait Găman, il ne s'agissait que d'un léger grondement d'impatience. Il en avait marre de jouer à la bagarre et ne voulait plus qu'une chose : se goinfrer enfin du lard dont la bonne odeur lui affolait les papilles depuis bien trop longtemps.

Il était temps de finir le combat.

Au moment où l'ours allait une fois de plus refermer

ses énormes pattes sur son torse, Daddu s'est écarté. Emporté par son élan, Găman est sorti du cercle. Il avait perdu le combat. Sous des applaudissements clairsemés, Daddu a levé les bras comme s'il venait de remporter un combat olympique. Malgré le froid, la sueur se mêlait aux estafilades de sang de son dos. Găman se fichait complètement d'avoir perdu. Il venait de gagner un gros morceau de lard qu'il dévorait avec de petits jappements de plaisir.

Avant qu'ils ne se défilent, Daddu a fait le tour des rares spectateurs en leur tendant son chapeau. Quelques maigres pièces ont cliqueté. Grelottant tandis que je tamponnais ses blessures, il a fait le compte de ce qu'il venait de gagner.

Quinze leiki. Daddu a craché dans la neige.

– Gadjé de merde !

À peine de quoi assurer la pitance de Găman pour deux jours !

C'est vrai que Dimetriu l'« empruntait » et qu'on ne la payait pas, mais quand même...

Autour de nous, les gens ont repris leur manège. Ils allaient au marché et en revenaient, évitant de croiser nos regards. Ils faisaient un large détour pour ne pas se retrouver nez à nez avec Găman qui se léchait les babines en reniflant bruyamment, le museau tendu vers leurs paniers remplis de victuailles.

5

— Les voilà ! a soudain braillé une voix.

Un gros charcutier nous montrait du doigt, des policiers l'accompagnaient et Dimetriu fermait la marche, menotté et encadré par deux agents. Une fois n'est pas coutume : il n'avait pas couru assez vite.

Daddu a passé son manteau troué et enfoncé son chapeau sur son crâne. Vera et moi nous sommes réfugiés sous la protection de Găman qui n'en finissait pas de se lécher les babines.

— Ces pouilleux m'ont volé tout mon lard ! a beuglé le charcutier.

L'un des policiers, celui qui avait le plus de barrettes dorées sur les épaules, a toisé Daddu.

— Ton nom ?

— Zidar. Lazar Zidar, descendant des pharaons d'Égypte et protégé de l'empereur Sigismond.

— Assez de baratin ! On veut plus te voir ici. C'est bien compris ?

— Ni ailleurs, a ajouté le charcutier.

– C'est la première et la dernière fois que je te le dis, a repris le policier. Dégage, maintenant !

– Je gagne honnêtement ma vie, a fait Daddu, les yeux plantés dans ceux du flic.

– En volant sur le marché ?

– Nous ne volons pas, mon lieutenant, nous empruntons. Est-ce ma faute à moi si les gens ne paient pas pour un spectacle qu'ils regardent pourtant ? Un spectacle unique au monde, sergent ! Un homme luttant à mains nues contre un ours. Oui, contre un ours ! Tu as bien entendu, mon général. Regarde !

Daddu montrait Găman.

– Et pas un petit ourson maigrichon, mais un véritable fauve, féroce et indomptable, né au cœur des forêts les plus impénétrables. Une redoutable…

– Ta gueule ! Combien as-tu gagné ce matin ?

– Quinze leiki.

Le policier a tendu la main. En soupirant, Daddu a déposé les pièces au creux de sa paume.

– Ça te suffira ? a demandé le policier au charcutier.

– Bien obligé, a gémi le gros bonhomme.

La vérité, c'est que c'était au moins le double de ce que valait le lard qu'avait englouti Găman.

– Où t'es-tu installé ? a repris le sergent en se retournant vers mon père.

Daddu a eu un vague geste vers les montagnes.

– Je ne veux plus te voir dans le coin. Demain, tu es parti, avec ton ours, ta marmaille et tout le bazar. Tu disparais et on ne te revoit jamais. Nous sommes bien d'accord ?

– Impossible, mon colonel, Mică est morte hier.

– Qui c'est, Mică ?

– Notre voiture. Le moteur a fondu en haut de la côte.

– Ça ne me regarde pas. Ton fils va passer la nuit en prison. Je ne te le rendrai que lorsque tu seras parti.

– Mais on ne peut quand même pas s'en aller à pied, a protesté Daddu.

– Et pourquoi pas ? Au moins, tu ne tomberas pas en panne.

6

Il neigeait à gros flocons lorsqu'on a quitté la place de Tămăsciu. Les gens nous suivaient du regard et Găman se faisait prier pour avancer. Au début de l'hiver, les ours ont toujours envie de dormir. À peine de retour dans sa cage, il s'est roulé en boule et s'est endormi au milieu des bourrasques de neige. On l'a entendu ronfler au bout de quelques secondes.

M'man avait déniché un hérisson sous un tas de bois et en avait fait une soupe dont l'odeur délicieuse envahissait la caravane. Daddu lui a tout raconté et, comme d'habitude, m'man n'a rien dit. De toute façon, il n'y avait rien à dire. J'ai mangé du bout des lèvres. J'adore la soupe de hérisson, mais celle-là avait du mal à passer.

Mammada était la seule à ne pas sembler inquiète. Elle a avalé sa soupe, s'est étendue sur son matelas et s'est lancée dans un concours de ronflements avec Găman. Assise sur sa couchette, Vera se repeignait les ongles. Elle a levé le nez vers la vitre fêlée.

— On a de la visite, a-t-elle annoncé.

– Des flics ? a demandé Daddu.

– Non. Ça n'y ressemble pas.

On a jeté un coup d'œil. Une petite foule grimpait la pente. Une trentaine de personnes. Pas plus. Malgré la neige qui étouffait les bruits, on entendait leurs cris. Des braillements de gens qui viennent de boire. Certains portaient des torches.

Daddu a craché par terre.

– Ciprian, réveille Găman. On ne sait jamais.

Pas facile de sortir un ours de son sommeil. Găman s'est fait tirer l'oreille. Il n'a consenti à bouger ses grosses fesses qu'au moment où les autres arrivaient devant notre caravane.

Le charcutier était en tête, son tablier tout taché de sang. Les autres se tenaient derrière lui. Le vent affolait les flammes de leurs torches qui crépitaient sous la neige. La plupart portaient un brassard avec une croix noire. Aucun de nous ne savait ce que ça signifiait, mais ce n'était pas nécessaire pour deviner que ceux-là nous aimaient encore moins que les autres. Daddu leur a barré l'accès de la caravane.

– On est venus s'assurer que tu faisais tes bagages, a dit le charcutier.

– J'ai jusqu'à demain, a répondu Daddu.

– Le plus tôt sera le mieux. Je te conseille même de partir tout de suite. Tu as deux ou trois heures avant la nuit. Profites-en !

– J'ai jusqu'à demain, s'est entêté Daddu.

Attiré par l'odeur de viande qui se dégageait du bonhomme, Găman s'est approché du gros charcutier en se
dandinant, le nez tendu vers lui. L'autre a fait un bond en
arrière.

– Retiens ta bête, gamin! Sinon...

L'un des hommes a braqué son fusil vers le crâne de
Găman.

L'arme a cliqueté. On est tous restés sans bouger. Moi,
Găman qui reniflait le canon pointé vers lui, le gros charcutier, les gens qui l'accompagnaient, et Daddu. Le léger
bruissement de la neige qui s'écrasait au sol se mêlait au
souffle des respirations.

– On va te donner un avertissement, a repris le charcutier au bout d'un moment, histoire que tu comprennes
qu'on ne veut plus te voir ici, toi, tes mouflets crasseux et
ton ours.

Tout s'est passé incroyablement vite. D'un geste,
l'homme a lancé sa torche vers Mică. Malgré la neige, le
jus noirâtre qui dégoulinait du moteur s'est immédiatement enflammé. Les flammes ont couru au ras du sol
avant d'escalader la voiture. Et Mică s'est embrasée d'un
coup, comme un fagot de bois, tandis que les autres
jetaient leurs torches au milieu du brasier. Pour faire
bonne mesure, l'homme au fusil a tiré en l'air.

Mică brûlait. Effrayé par le feu, Găman s'est réfugié au
fond de sa cage comme un petit animal apeuré.

– Si t'es encore là demain, a grondé le charcutier en
pointant le doigt vers Daddu, c'est à ta caravane qu'on

fout le feu. Pigé ? Allez, venez, vous autres. On file sinon on va geler sur place !

Les incendiaires ont adressé au charcutier un salut stupide, la main tendue vers son tablier sanguinolent, et ils se sont éloignés sous la neige tandis que Mică disparaissait dans des volutes de fumée noire. Les flammes léchaient les branches des sapins et, de temps à autre, un gros paquet de neige se détachait et tombait en dégageant un nuage de vapeur bouillonnante. L'air sentait le goudron et le métal surchauffé.

Daddu a haussé les épaules.

– De toute façon, Mică ne valait pas plus que ces imbéciles.

7

C'était le jour des visites.

En fin d'après-midi, une grosse berline noire s'est garée à côté des ruines fumantes de notre vieille Mică. Une BMW aux vitres fumées. Une vraie voiture de riches.

– Belle bagnole ! a ricané Daddu. Tu crois que ce gros crétin sanguinolent nous envoie la remplaçante de Mică ?

Deux hommes en sont sortis, habillés comme des gadjé, avec des costumes chics, des manteaux chauds et des chapeaux de feutre. Le plus jeune portait des lunettes noires. Avec l'obscurité qui venait et la neige qui dégringolait, il ne devait pas voir grand-chose. Les cheveux blancs de l'autre étaient attachés en une queue-de-cheval qui descendait jusqu'au milieu du dos.

Ils sont entrés sans frapper, accompagnés d'une bourrasque de neige, et nous ont regardés l'un après l'autre, en s'attardant sur Vera.

– Il paraît que tu as des ennuis, a commencé Lunettes noires.

Daddu cherchait à deviner à qui il avait affaire. Le plus

âgé faisait machinalement tourner une grosse chevalière autour de son doigt. L'autre mâchonnait un chewing-gum. L'homme à la bague et Lunettes noires avaient tout sauf des têtes de flics.

– Nous ? Des ennuis ? s'est étonné Daddu. Pas plus que d'habitude. Pourquoi ?

– Des ennuis avec les gens de Tămăsciu. Avec ceux de la Ligue nationaliste, et avec les flics, aussi…

– On a toujours des ennuis, a soupiré Daddu. Avec la police comme avec les autres. Que ce soit ici ou ailleurs. On est habitués.

– Sauf que là, c'est grave.

– Qu'est-ce que tu en sais ?

– Ton fils est en prison, ta voiture est en cendres et, si tu n'es pas parti demain, ces abrutis mettront le feu à ta caravane sans que la police ne lève le petit doigt. Comment vas-tu faire ?

– On va aller ailleurs. C'est notre destin. Nous sommes les derniers descendants des pharaons et les fils du vent. Le monde est notre maison.

– Une maison pleine de courants d'air, a ricané l'homme à la bague. Tu n'auras même plus de caravane pour t'abriter.

Daddu a hoché la tête et Lunettes noires a allumé une cigarette sans en offrir une à mon père.

– On est venus te proposer une solution, a repris l'homme à la bague.

– Une solution ?

– Tu te souviens de ce qu'a dit le flic, ce matin ? Il ne veut plus te voir dans le coin. Et j'imagine que c'est pareil dans pas mal de villes. Où que tu ailles, personne ne veut de toi. Alors pourquoi ne pas aller ailleurs ?

– Et c'est où, ailleurs ?

– Dans un autre pays. En Allemagne, par exemple. Ou bien en France, à Paris…

Daddu les a regardés l'un et l'autre avant de sortir son tabac pour rouler une cigarette. M'man se tenait à côté du poêle, immobile comme une statue, et Vera ne quittait pas les deux types des yeux. Paris… Rien que le mot la faisait rêver.

On entendait les ronflements de Mammada et de Găman, les sifflements du vent au travers des planches de la caravane et le crépitement de la neige sur le toit.

– Impossible, a finalement fait Daddu. On n'a rien. Pas de papiers, pas d'argent…

– On s'en occupe.

L'homme à la bague a rapproché sa chaise.

– Écoute-moi bien, Lazar.

Daddu a sursauté. D'où ce type connaissait-il son nom ?

– On est prêts, mon ami et moi, à avancer dix mille leiki à chacun d'entre vous pour payer le voyage. Vous nous rembourserez une fois en France.

Daddu a allumé sa cigarette.

– Tu te moques de nous, a-t-il fait avec un rire forcé, et les farces des riches sont tristes, mon ami. Mille, dix mille, cent mille leiki… Je ne sais pas de quoi tu parles. Je n'ai jamais vu une somme pareille. Je ne sais même pas si ça existe. Nous sommes six avec la vieille et je n'ai pas un sou en poche. Comment veux-tu que je rembourse une telle somme ? Même si j'avais un million de vies devant moi, je n'y arriverais pas.

– Ici, bien sûr, mais en France, mon ami. En France ! Imagine… Tu auras du travail, de l'argent… Tu pourras rembourser. Tu auras un mois pour le faire. Trente jours… Il s'en passe des choses, en trente jours.

Daddu a laissé un nuage de fumée filer entre ses lèvres.

– Et… si je n'y arrive quand même pas ?

– Rien de grave, Lazar. Tu nous rembourseras le mois suivant. Ce sera un peu plus cher, bien sûr.

– Un peu plus ?…

– Le double.

– Le double ! s'est exclamé Daddu. Rien que ça !

L'homme à la bague a haussé les épaules.

– Tu réfléchis comme un pauvre, Lazar. C'est beaucoup pour ici, mais là-bas, ce n'est rien. Imagine un peu ! Dans un pays aussi riche, l'argent coule à flots. Si tu pars, tu devras t'habituer à être riche.

– Et si je ne réussis quand même pas à te rembourser ?…

– Tu te poses trop de questions, mon ami. Ce n'est pas bon pour le moral. Avant d'imaginer ce qui se passera dans des mois, pense à ce qui va t'arriver demain quand le commissaire de Tămăsciu viendra s'assurer que tu es bien parti. Pense à ce gros tas de charcutier et à sa bande de crétins haineux. Pense à ton fils qui ne sortira de prison que si tu quittes les lieux. Qu'est-ce qui te fait hésiter ?

Lunettes noires a sorti un papier de sa poche et a tendu un stylo à Daddu.

– Tu n'as qu'à signer là.

– Je ne sais pas écrire.

– Aucune importance. Je vais signer à ta place.

Et il a fait un gribouillage au bas du papier.

– Et lui ? a demandé Daddu en montrant du doigt Găman qui dormait sous la neige.

L'homme à la bague a éclaté de rire.

– On n'a rien prévu pour les ours. Relâche-le, vends-le ou mange-le. On passe vous prendre demain soir. Soyez prêts pour 19 heures. Un petit sac par personne, pas plus. C'est entendu ?

– Je me demandais juste… a commencé Daddu.

– Quoi ça ?…

– Si tu ne pourrais pas me faire une… une avance ? Pas grand-chose. On n'a plus rien.

Comme s'il s'agissait d'un simple bout de papier, Lunettes noires a laissé tomber un billet de cinquante leiki dans la neige. Dans son portefeuille, il en avait cent fois autant.

La BMW s'est éloignée.

– On va vraiment aller en France ? a murmuré Vera. À Paris…

Le nez collé à la vitre fêlée de la caravane, elle regardait les nuages chargés de neige et les montagnes qui disparaissaient dans l'obscurité.

– Tu te rends compte, Cip ? On va aller tout là-bas. De l'autre côté du ciel...

8

Daddu a ouvert la cage de Găman.

– On part à Paris, mon gros ! Et toi, tu…

Sa voix tremblait.

– Et toi, tu ne peux pas nous suivre. Alors tu vas rester ici, chez toi.

Il a enserré son gros cou d'ours entre ses bras. J'ai enfoui ma main dans l'épaisseur de sa fourrure. Găman ronronnait comme un énorme chat.

– *Stil* ! a ordonné Daddu. Ne bouge pas ! Ça va faire un peu mal, mais c'est le prix de la liberté.

Il a serré la muselière et, d'un geste sec, a ouvert l'anneau qui passait dans son nez. Găman a éternué, les naseaux en sang. Depuis sa capture, jamais l'anneau ne l'avait quitté. À l'époque, il n'était qu'un ourson dont on avait tué la mère et que Daddu avait racheté aux chasseurs. Moi, j'étais tout bébé ; pendant que m'man me donnait le sein, Găman engloutissait les énormes biberons que Daddu lui préparait.

– Sors de là, maintenant. Tu es libre.

Dressé sur le seuil de sa cage, Găman a humé l'air chargé de relents de caoutchouc brûlé. Jamais il n'était sorti sans sa chaîne, et cette nouveauté l'inquiétait. Il nous a regardés tour à tour avant de risquer un premier pas.

– Allez! File maintenant. Trouve-toi une belle ourse et prends garde aux chasseurs.

Găman a fait un nouveau pas, puis un autre. Et encore un autre… Hésitant encore devant cette liberté toute neuve. Il a atteint les premiers arbres, s'est retourné et a grogné doucement.

– Il nous dit au revoir, a murmuré Vera.

Elle a essuyé une larme. On avait tous les yeux rouges. Même Daddu. Les lutteurs aussi savent pleurer.

– *La revedere !* a crié Daddu, la voix cassée. Au revoir, compagnon!

Et on a tous repris en chœur, même la vieille Mammada.

– *La revedere, Găman !*

Il s'est enfoncé au petit trot sous les arbres chargés de neige. On l'a regardé jusqu'à ce qu'il disparaisse entre les troncs. Sans se le dire, on espérait tous plus ou moins qu'il reviendrait sur ses pas.

Le restant de la journée s'est passé à faire les sacs. «Un petit sac», avait exigé l'homme à la bague. C'est gros comment, un petit sac?

Vera a commencé par mettre son maquillage dans une poche en plastique. M'man tentait d'empiler ses casseroles cabossées… Moi, hormis un pull récupéré dans une poubelle et mon maillot Ronaldo n° 7, je n'avais rien à prendre. Vera en a profité pour bourrer mon sac de trucs de fille.

– C'est quand, 19 heures ?

– Aucune idée, a grogné Daddu. Sans doute plus tard…

Les descendants des pharaons ne se préoccupent pas du temps qui passe.

Personne n'avait envie de parler. Les branches craquaient. La neige étouffait les bruits, et même les aciéries de la vallée semblaient chuchoter. Du bout du pied, Daddu a éparpillé les restes calcinés de Mică. C'était étrange de se dire qu'on allait abandonner notre caravane. Et vivre sans la grosse présence de Găman. Étrange d'imaginer qu'on partait à Paris.

9

La nuit était tombée lorsque l'homme à la bague et Lunettes noires sont arrivés au volant d'un camion déglingué. J'étais plutôt déçu. J'avais imaginé qu'on irait à Paris en BMW. Une voiture de police les suivait. Un policier a poussé Dimetriu dehors avant de lui ôter ses menottes.

– Allez, on se bouge ! a ordonné Lunettes noires en désignant la benne du camion. Grimpez là-dedans.

– On va à Paris dans la benne ? a demandé Daddu.

– De quoi tu te plains ? a rigolé Lunettes noires. Au moins, ça roule. On ne peut pas en dire autant de ton tas de cendres à roulettes. Allez, hop ! Traînez pas. Y en a d'autres à aller chercher.

On a lancé nos sacs dans la benne. Pendant ce temps, l'homme à la bague et le policier discutaient. L'homme a sorti de son portefeuille une liasse de billets qu'il a donnée au policier. Ils se sont serré la main et la voiture de police a fait demi-tour.

Daddu est monté le premier. Il a ensuite tendu la main à m'man.

Le tour de Mammada est arrivé.

– Non, a-t-elle dit. Je reste.

Lunettes noires, qui s'apprêtait à la pousser dans la benne, a regardé l'homme à la bague.

– On en fait quoi, de la vieille ? Elle veut rester.

– Bon débarras !

– Mais on ne peut pas l'abandonner là ! s'est écrié Daddu.

Mammada a laissé filer un rire de crécelle.

– Les voyages, c'est fait pour les jeunes, Lazar. Moi, je suis trop vieille. Mon prochain voyage, c'est pour là-haut.

Elle a levé la main vers la nuit.

– Et j'irai toute seule. Je vais mourir ici. Ce sera très bien.

– Mais le charcutier et sa bande de dégénérés ?

Mammada a lâché un petit rire.

– Je suis trop coriace, même pour cet imbécile. Il en faut plus pour m'inquiéter.

Inutile d'insister. Inutile de discuter. Mammada n'en faisait qu'à sa tête.

– Et puis tu auras moins à rembourser, a-t-elle ajouté. Dix mille leiki de moins.

Daddu s'est tourné vers l'homme à la bague.

– Elle a raison.

Mais le type a secoué la tête.

– Impossible. Le contrat est signé pour six personnes. Soixante mille leiki, pas un sou de moins.

– Le quoi est signé ? a demandé Daddu.

– Le contrat. Le papier d'hier. Tu l'as signé, ça veut dire que t'es d'accord. On ne peut plus rien changer.

– Mais ce n'est même pas moi qui l'ai signé, ce papier. C'est ton ami. Et ensuite, Mammada a raison, nous ne sommes plus que cinq et...

Lunettes noires s'est approché. Il a entrouvert son manteau et glissé les pouces dans sa ceinture. La crosse d'une arme dépassait.

– Pas d'histoires, Lazar. Les affaires sont les affaires. Et un contrat est un contrat. Tu as signé. Même si tu pars seul, c'est soixante mille. C'est clair ?...

– Limpide, a murmuré Daddu en effleurant le manche d'ivoire de son couteau.

Même Dimetriu, qui aime bien jouer les durs, n'a pas pipé.

– Encore une chose. Une fois que tu seras à Paris, si quelqu'un te pose des questions, tu diras que tu viens de la part de Zslot et Lazlo. Tu te souviendras ?

– Zslot et Lazlo, a répété Daddu. C'est toi et ton collègue ?

L'autre n'a pas répondu.

Le camion a démarré. On a juste eu le temps de crier : « *La revedere, Mammada !* » Mais on savait bien que c'était un mensonge. Jamais on ne la reverrait. Sa silhouette ratatinée s'est fondue dans l'obscurité, et on s'est éloignés dans le froid, secoués dans la benne du camion qui brinquebalait sur la route.

41

10

Une neige molle et lourde tombait. Elle gouttait au travers de la bâche du camion, et nos sacs baignaient dans les flaques qui se formaient au fond de la benne. À chaque arrêt, de nouvelles familles montaient. On en connaissait certaines. La famille de Goriczk, celle de Marizza, celle de Tudor… Zelinga, sa femme, venait d'avoir un bébé qui s'est mis à pleurer dès que le camion a commencé à rouler.

On ne s'est de nouveau arrêtés qu'un long moment plus tard. Le bébé, qui avait fini par s'endormir, s'est aussitôt remis à pleurer. À travers la neige, les phares éclairaient les troncs clairsemés d'une clairière. Un autre camion nous attendait, plus gros. Un semi-remorque chargé de caisses. On s'y est entassés comme on a pu. Ça sentait le moisi et les fruits blets.

— Planquez-vous derrière les caisses ! a ordonné l'un des hommes. Je ne veux voir personne.

Il a vérifié qu'on ne pouvait pas nous voir de l'extérieur, flanquant des bourrades à tout ce qui dépassait.

– Toi, là, rentre tes jambes... Et maintenant plus un bruit. La frontière est à quelques kilomètres, le premier que j'entends aura affaire à moi. Pigé ?

Le bébé hurlait toujours.

– Et fais-moi taire ce braillard ! Sinon je le fous dehors !

Zelinga a enfoui son bébé contre sa poitrine, l'homme a rabattu les bâches des remorques, et le camion a démarré. On n'a plus entendu que le bruit du moteur et les craquements de la boîte de vitesses dans les côtes. Le froid traversait nos vêtements, nous piquait le visage et les mains.

Nouvel arrêt. Des ordres qui claquent ; des hommes qui parlent haut ; des projecteurs qui transpercent la nuit. La frontière. Vera m'a agrippé la main. Des douaniers ont soulevé les bâches. Dans l'obscurité, on devinait la succion obstinée du bébé contre le sein de sa mère, et il semblait impossible de ne pas l'entendre. Les faisceaux des torches nous ont frôlés. Chacun retenait son souffle.

Par une déchirure de la toile, j'ai de nouveau aperçu une liasse de billets passer de la main de notre chauffeur à celle d'un douanier. Il y en avait pour mille fois plus que tout ce que j'avais pu voir dans ma vie. Mais tout est allé si vite que je l'ai peut-être imaginé. L'homme a donné un ordre, et le camion est reparti.

– Tout va bien, a murmuré Daddu.

Mais les tremblements de sa voix le démentaient. Personne n'avait la moindre idée de ce qui allait nous arriver. Ni même de l'endroit où l'on était.

On a roulé toute la nuit, épaule contre épaule, secoués par les cahots de la route. La neige s'est changée en une pluie qui crépitait contre la bâche. On roulait comme si jamais on n'allait s'arrêter. Je m'endormais par instants pour me réveiller en sursaut quelques secondes plus tard. Dans mon demi-sommeil, je revoyais Găman et Mammada. J'avais faim, et soif, et froid, et envie de faire pipi. Par la déchirure, j'ai entraperçu le jour gris qui se levait. J'avais l'impression qu'on était partis depuis des jours.

Le camion a ralenti.

– Tu crois qu'on est à Paris? a soufflé Vera lorsqu'il s'est arrêté.

Les conducteurs ont soulevé la bâche. À la lueur des phares, on a deviné un terrain boueux, quelques arbres… Où étions-nous? Il pleuvait toujours et le froid transperçait nos vêtements mouillés. On a eu le droit de descendre quelques minutes. Ensuite, on a attendu. Toute une journée. Entassés dans le camion. La pluie battait contre la toile, s'infiltrait dans le tissu et dégoulinait sur nous. Le bébé de Zelinga braillait sans qu'elle parvienne à le calmer.

On n'est repartis qu'à la nuit tombante, et on a roulé. Encore et encore…

Des heures. Rien d'autre que le grondement du moteur, des chuchotis et les soupirs de ceux qui tentaient de dormir. M'man me serrait contre elle, comme quand j'étais petit.

Le bruit m'a réveillé. Tout autour de nous, invisible, un grouillement de gens, de voitures, de motos, de klaxons…

44

Une ville ! Le camion roulait plus lentement, s'arrêtait, repartait... Grincement des freins. Le conducteur a coupé le moteur.

Juste derrière la bâche, des gens parlaient. On ne comprenait rien. Peut-être du français. Ou autre chose... Il pleuvait toujours.

– Terminus ! a lâché un homme en soulevant la bâche. Bienvenue au paradis.

Ça l'a fait rire. Malgré la fatigue, Vera a battu des mains.

– On est à Paris ! On est à Paris !

11

On a écarquillé les yeux.

Des ruelles bourbeuses, encombrées d'ordures, de sacs plastique et d'objets qui semblaient abandonnés là depuis toujours. Bouts de ferraille, palettes de chantier, chaises défoncées... Des chiens pelés se disputaient un os. Où qu'on regarde, des cabanes de planches et de carton s'écrasaient les unes contre les autres, recouvertes de tôles et de bâches qui battaient au vent. De l'autre côté de la rue, des barres d'immeubles abandonnés, à deux doigts de s'écrouler. Murs tagués, lézardés, volets arrachés, ouvertures condamnées avec des parpaings.

Vacarme des radios et des télés, cris de gens qui s'engueulent, aboiements des chiens, pétarades de scooters, hurlements de bébés... Ça sentait le bois détrempé, la fumée, le moisi, la pisse et les poubelles... Un avion a surgi au-dessus de nos têtes, énorme, avant de s'évanouir dans un grondement de fin du monde. Sauf nous, personne n'y a pris garde. Des vieux fumaient, l'œil vague, des gamins se poursuivaient dans la boue et des femmes trimballaient des sacs qui semblaient aussi lourds qu'elles... Des hommes nous regardaient par en dessous en se réchauffant autour d'un feu de palettes. Le vent rabattait la fumée qui rampait entre les cabanons et prenait à la gorge... Tous étaient habillés comme nous, de fripes usées jusqu'à la corde. Ils attendaient je ne sais quoi. J'ai saisi quelques mots au vol. Parfois la même langue que nous. Parfois non... Paris est une ville internationale.

Plus loin, le long des immeubles aux fenêtres cimentées, une interminable file de femmes s'étirait. Toutes portaient des bidons qu'elles remplissaient d'eau à une borne à incendie trafiquée pour y installer un robinet. Plus tard, on a appris qu'il y en avait une seconde à l'autre bout du campement. Les deux seuls points d'eau. Plus tard aussi, on a appris à faire attention où on mettait les pieds. Le campement était traversé de frontières invisibles, et au-delà des immeubles s'étendait une sorte de no man's land où mieux valait ne pas se risquer.

Un nouvel avion est passé en grondant, large comme mes bras écartés. À quelques mètres de l'endroit où le camion s'était arrêté, un train a surgi en lançant un coup de trompe. Il est passé à toute allure, dans un souffle assourdissant. Le sol tremblait au passage des wagons bâchés, et des centaines de sacs plastique se sont envolés avant de retomber sous la pluie comme de grands oiseaux mous. Des gamins l'ont poursuivi. Les feux rouges du train étaient déjà loin.

Au-delà du campement, noyés dans la grisaille, on devinait des chantiers, des immeubles en construction, et de grandes tours de métal dressées vers le ciel.

– La tour Eiffel, a souri Vera.

Je n'avais jamais vu de photos de la tour Eiffel, mais dans mon idée, il n'y en avait qu'une seule, et elle ne ressemblait pas à une grue.

12

Il a fallu s'organiser.

D'abord, trouver un endroit où dormir. Se construire un abri. On a déniché un emplacement le long d'un chantier désert. C'est ce qui paraissait le moins boueux. Façon de parler. Parce que de la boue, il y en avait partout.

Dimetriu a sauté par-dessus les palissades pour emprunter ce dont on avait besoin : des planches, des tôles, des palettes pour le plancher, des bâches pour le toit...

Et pendant qu'il faisait ses allers et retours sur le chantier, on s'y est tous mis. À quelques mètres de là, Zelinga et son mari bricolaient tant bien que mal un cabanon tandis que, couché dans une caisse recouverte d'un sac plastique, leur bébé pleurnichait sous la pluie. À intervalles réguliers, les avions nous survolaient dans le vacarme de leurs réacteurs, et les voisins nous regardaient faire. Gamins, jeunes, adultes... Personne n'esquissait le moindre geste pour nous aider. Ils se contentaient du spectacle.

L'un des hommes s'est finalement approché. Il portait un minuscule chapeau vissé sur le crâne, bien trop petit pour lui. Il a pris la main de Daddu et a passé le doigt sur ses phalanges tatouées de griffes d'ours.

— Ursari ? a-t-il demandé.

Daddu a cligné des yeux sous la pluie.

L'homme a alors entrouvert sa veste. Attaché à sa ceinture, il portait un couteau sur le manche d'ivoire duquel était gravée une tête d'ours.

Daddu a fouillé dans son sac pour sortir son propre couteau.

L'homme a souri.

— Razvan, a-t-il dit en tendant la main.

— Lazar, a répondu Daddu en la serrant.

— On est installés à l'autre bout du campement, mais chaque fois qu'il y a de nouveaux arrivants, je viens voir de qui il s'agit. Des fois qu'il y aurait un Ursari parmi eux. Mais toi et moi sommes les seuls.

Il a regardé autour de lui comme s'il découvrait tout juste l'existence du bidonville.

— Qu'est-ce qu'on fout là ?

Il semblait se poser la question à lui-même. Un avion est passé, et Razvan a tendu une cigarette à Daddu avant de nous aider à assembler les planches.

En quelques heures, on a bricolé des murs de contre-plaqué, un toit de bâches et un plancher de palettes qui laissait passer l'humidité. M'man tentait de colmater les trous avec des chiffons crasseux.

Dimetriu est revenu de ses deux derniers voyages avec un sommier rouillé et une table branlante. Nos premiers meubles parisiens.

Où avait-il déniché tout cela ? Mystère ! Dimetriu est le champion des emprunteurs. Il aurait pu piquer un éléphant dans un zoo sans que les gardiens s'en aperçoivent. J'imagine que quelque part quelqu'un devait être à la recherche d'un sommier et d'une table.

— Fais attention à Karoly, a juste dit Razvan en nous quittant.

Et il a disparu entre les cabanons noyés de pluie avant que Daddu puisse demander qui était Karoly.

13

On avait faim.

Daddu s'est souvenu du billet de cinquante leiki que Lunettes noires lui avait donné. Et on est partis à la recherche d'un marché ou d'un magasin.

— Par là, tu trouveras de quoi manger, a fait une voix.

L'homme avec une grosse moustache jaunie par le tabac parlait notre langue. Aucun de nous ne l'avait entendu approcher. Il a indiqué une direction. Daddu l'a remercié.

Sauf que « par là », c'était plutôt vague.

On a d'abord traversé des voies ferrées. Un train nous a frôlés dans un vacarme terrifiant. Le hurlement de sa trompe nous a cloués sur place, le cœur battant. M'man et Vera sont restées bloquées de l'autre côté de la voie tandis que les wagons défilaient dans un fracas de ferraille. Elles ont réapparu, serrées l'une contre l'autre, leurs longues jupes flottant dans le vent comme des voiles.

Ce n'était que le début.

Il a ensuite fallu traverser la route des fous.

Elle longeait la voie ferrée, et des centaines de voitures

fonçaient à toute allure. Sans jamais ralentir. Un torrent furieux. Comment passer ?

Dimetriu s'est lancé le premier, on s'est précipités derrière lui, aveuglés par les phares, trempés par la pluie battante. Les conducteurs klaxonnaient comme des enragés, les freins crissaient. C'est un miracle qu'on soit arrivés entiers de l'autre côté. Ce n'est qu'à notre retour qu'on a remarqué la passerelle qui enjambait la route un peu plus haut.

On a encore traversé un champ de boue avant d'apercevoir une gigantesque enseigne lumineuse au-dessus d'un parking encombré de voitures. Paris est une ville de riches. Au moment d'entrer dans le magasin, un grand type nous a barré la route. Je l'ai regardé de tous mes yeux parce qu'il était noir. Des Noirs, je savais que ça existait, mais chez nous on n'en voyait jamais.

Il a baragouiné un truc incompréhensible.

On s'est regardés. Daddu a tenté de forcer le passage. Mais le grand baraqué l'a retenu d'une main. Daddu, qui avait passé une bonne partie de son existence à se battre contre des ours, était costaud, mais ce type avait dû se battre contre des gorilles. Il était bien plus grand, plus large et plus musclé que Daddu. Une montagne.

– Je sais ! s'est écrié Daddu. Il nous demande si on a de quoi payer.

Et il a sorti de sa poche le billet de cinquante leiki. La Montagne a éclaté de rire. Il a encore dit des choses qu'on ne comprenait pas, en répétant sans arrêt le mot *« zorro »*.

– Ben oui, a fait Dimetriu comme si c'était évident, la France, c'est l'Europe. On ne paie pas avec des leiki, mais avec des *zorros*. Si t'en as pas, t'as rien. Va falloir qu'on en trouve…

Montagne nous a raccompagnés sur le parking et s'est assuré qu'on ne revenait pas par une autre porte.

– J'ai faim, a grondé Vera.

Des gens passaient avec des chariots remplis à ras bord de nourriture et de bonnes choses qui nous faisaient saliver.

– Ne m'attendez pas, a lancé Dimetriu. Je vais faire les courses. Allez-y, je vous retrouve.

On pouvait lui faire confiance. Il nous a rejoints peu après la voie ferrée, hors d'haleine, un grand sac à la main. Le type à qui il l'avait emprunté l'avait coursé entre les voitures qui stationnaient et n'avait abandonné que lorsque Dimetriu avait sauté par-dessus les barrières, tout au bout du parking.

– Qu'est-ce qu'il y a dedans ?

– Sais pas.

On a tout déballé : Coca, saucisson, bananes, pain, fromage… Et même une bouteille de parfum pour Vera et m'man.

Paris est vraiment une ville de riches.

14

Il pleuvait comme si le ciel cherchait à nous engloutir. Une pluie tenace et glaciale qui, par moments, se transformait en neige. Le bois de chantier que Dimetriu avait récupéré ressemblait à une éponge, mais il en fallait plus pour décourager m'man. Les flammes se sont élevées sous la pluie ; on s'en est approchés, les mains tendues. La nuit promettait d'être glaciale. C'est alors que Moustache, le type qui nous avait indiqué le chemin du magasin, est arrivé avec, sous le bras, un sac de couvertures.

– Vous allez en avoir besoin, cette nuit. Il va geler.

– Tu nous les donnes ? s'est étonné Daddu.

Moustache a laissé échapper un gros rire.

– Non, je te les loue.

– C'est que je n'ai pas beaucoup d'argent... Il a fallu payer le voyage...

L'homme a eu un geste généreux, comme pour dire que ce n'était pas important. Il a aussi sorti d'un sac un câble électrique avec une ampoule qui se balançait au bout.

– Le branchement est juste derrière, sur le compteur

du chantier. Suffit de bricoler un peu. Mais attends demain, quand il fera jour. C'est plus sûr.

Daddu regardait l'ampoule avec des yeux de gamin. Jamais on n'avait eu l'électricité.

– Ça aussi, tu le loues ? a-t-il demandé.

Moustache a hoché la tête.

– Oui, mais installez-vous d'abord confortablement. On verra ça plus tard.

On s'est enveloppés dans les couvertures. Mais Moustache ne partait pas. Il nous observait, nous soupesait du regard. Ses yeux se sont attardés sur Vera, qui a rougi. Il a sorti un paquet de cigarettes qu'il a tendu à la ronde.

– Je m'appelle Karoly. Vous venez de la part de Zslot et Lazlo. Je ne me trompe pas ?

Daddu a hoché la tête en le fixant un peu plus attentivement. *Fais attention à Karoly,* avait prévenu Razvan.

– Je suis leur représentant en France, a continué Karoly.

« Représentant en France », ça faisait chic. Des mots destinés à nous impressionner.

– Une sorte d'ambassadeur ? a demandé Daddu, qui tenait à montrer que lui aussi avait du vocabulaire.

– C'est tout comme, a confirmé Karoly dans un nuage de fumée.

Fallait être drôlement important pour avoir des ambassadeurs dans des pays étrangers. On était tombés sur les bonnes personnes.

– Il va falloir leur rembourser le voyage. Et vite.

– Ils ont dit qu'on avait un mois pour…

– Ils m'ont aussi dit que tu leur devais soixante mille leiki. Une jolie somme…

– Comment veux-tu que je les rembourse ? Je n'ai pas de travail.

La pluie tambourinait contre les bâches. Karoly a souri sous sa moustache.

– Bien sûr que si, mon ami. Je t'ai déjà trouvé du travail.

Daddu a cligné des yeux.

– Mais je viens à peine d'arriver !

– N'empêche que tu as déjà un travail.

– Et… c'est quoi, ce travail ?

– On m'a dit qu'avant tu te battais contre des ours.

– Comment le sais-tu ?

– Les nouvelles vont vite, ici. Un type qui lutte contre un ours doit être fort. Très fort, même… Ça tombe bien. Le travail que je te propose est réservé aux costauds.

Il nous a regardés tour à tour.

– J'ai aussi du travail pour chacun de vous. Mais on en reparlera demain.

Et il s'est éloigné dans la Zone avec son sac vide sous le bras.

Daddu souriait.

Attention à Karoly… avait prévenu Razvan. Sans doute s'agissait-il d'un autre Karoly. Celui-là nous apportait des couvertures, de l'électricité et du travail, sans parler de son bon sourire moustachu.

15

Karoly ne mentait pas. On a trouvé du travail dès le lendemain.

Daddu est devenu ferrailleur de nuit.

À quelques kilomètres de la Zone, des entrepôts bordaient les voies ferrées. On y trouvait toutes sortes de métaux : du fer, de l'acier, du zinc, du cuivre, du plomb... Une véritable mine. Au cœur de la nuit, une fois le dernier train passé, Daddu partait déboulonner les morceaux de ferraille pour les emporter. Il arrachait le zinc des gouttières, coupait les câbles de cuivre des chantiers, démontait la fonte des bouches d'égout, et entassait tout ça dans le camion de Karoly. La ferraille était lourde et les nuits glaciales ; les vigiles et leurs chiens pouvaient surgir à tout moment, mais Daddu s'en moquait. Les hommes ne lui faisaient pas peur, et les animaux, il connaissait.

À son retour, Karoly notait des chiffres dans le carnet bleu qui ne le quittait jamais.

— Je passe te voir à la fin de la semaine. On fera nos comptes pour que les choses soient bien claires avec Zslot et Lazlo.

Daddu grommelait comme un ours et s'écroulait sur le sommier, ivre de fatigue.

M'man, elle, est devenue gardienne de distributeurs de billets de banque.

Une invention formidable que je n'avais jamais vue avant d'arriver à Paris. Les gens glissaient une petite carte en plastique dans une machine qui, en échange, leur donnait des billets de dix, vingt ou cinquante *zorros*. M'man restait à côté de la machine toute la journée, assise sur le trottoir. Elle veillait à ce que tout se passe bien. En échange de ses services, elle demandait aux gens une petite pièce.

Une fois, Dimetriu a réussi à emprunter l'une de ces cartes en plastique. On a aussitôt essayé de l'utiliser. Les choses se sont vite compliquées. Il fallait taper des chiffres sur un clavier, mais on ne savait pas lesquels. Peut-être le nombre de billets qu'on désirait... On a essayé au hasard, jusqu'à ce que la machine refuse de nous rendre la carte.

Le soir, Karoly notait ce que m'man avait gagné dans son petit carnet bleu.

Il souriait sous sa moustache jaunie par le tabac.

– Bien! Bonne journée. Je repasse te voir à la fin de la semaine. On fera nos comptes.

Vera, quant à elle, est devenue nourrice itinérante.

Tous les jours, elle partait avec le bébé de Zelinga dans les bras et elle le promenait dans le métro en demandant un peu d'argent aux voyageurs. Les gens paient bien pour voir des animaux dans un zoo. Pourquoi ne paieraient-ils pas pour voir un bébé dans le métro? Bien entendu, Zelinga ne prêtait pas son bébé gratuitement. Elle le louait à ma sœur. Dix *zorros* par jour. C'est cher, un bébé. Et quand Vera avait fini de faire la nourrice, Zelinga prenait le relais et repartait dans le métro avec son bébé. Sauf qu'elle, elle ne le louait pas.

Le soir, Karoly passait. Il demandait à Vera et Zelinga de lui remettre une partie de ce qu'elles avaient gagné.

– Vous travaillez bien, les filles, faisait-il avec un grand sourire moustachu. Je mets tout ça en sécurité. Il y a trop de monde ici pour laisser l'argent traîner. Mais pas d'inquiétude. On fera nos comptes à la fin de la semaine. Tout est noté là-dedans.

Il ouvrait son carnet bleu et, le bras passé autour de ses épaules, montrait à Vera qui ne savait pas lire les chiffres alignés sur chaque page.

Quant à Dimetriu, il a poursuivi son métier d'emprunteur et je suis devenu son apprenti.

L'un des copains de Karoly nous a montré comment prendre le métro en sautant par-dessus les tourniquets. C'était très facile et il n'y avait rien à craindre. Les gens en uniforme qui passaient leurs journées dans les aquariums en verre, tout à côté des tourniquets, n'étaient pas des policiers, nous a-t-il expliqué. À vrai dire, personne ne savait très bien à quoi ils servaient. Ils n'avaient pas l'air de faire grand-chose et nous regardaient passer sans rien dire. On s'est longtemps demandé pourquoi les autres voyageurs tenaient tant que ça à payer. Nous, on ne payait pas et personne ne nous arrêtait. C'était peut-être un vestige des droits que l'empereur Sigismond avait accordés à notre peuple : le privilège de sauter par-dessus les portillons automatiques du métro.

Le métro de Paris était un labyrinthe, mais on a vite appris à s'y repérer. On a aussi compris que Zslot et Lazlo nous avaient un peu menti. On n'habitait pas vraiment Paris, mais plus loin, dans la « banlieue ». Et pour atteindre la banlieue, il fallait prendre une sorte de grand métro que les gens appelaient le « *aireuhaire* ».

Jour après jour, Dimetriu m'apprenait à emprunter tout ce qui passait à ma portée. Les sacs, les bagages, les portefeuilles...

Il était un bon professeur, et j'étais un élève appliqué.

De temps en temps, un voyageur s'apercevait de notre emprunt. Il fallait alors décamper, slalomer parmi les passagers, sauter par-dessus les portillons, grimper les escaliers quatre à quatre... On débouchait au grand air, on se perdait dans la foule, on reprenait souffle et on éclatait de rire.

Le soir, Karoly venait nous voir. On lui remettait l'argent qu'on avait gagné et il notait tout ça sur son carnet.

– C'est bien, les gars. Continuez comme ça. Je repasse à la fin de la semaine. On fera les comptes.

À ce rythme-là, on s'est dit qu'on rembourserait vite les soixante mille leiki.

Zslot et Lazlo avaient raison : il allait falloir s'habituer à être riches.

16

La fin de la semaine est arrivée.

Karoly a écarté la bâche et s'est assis sur l'une des caisses en bois qui servaient de chaise. Un type l'accompagnait.

– Dragoï, a présenté Karoly, mon aide-comptable.

Comme si la chaleur était insupportable, l'homme a entrouvert les pans de son blouson. La crosse d'une arme dépassait d'un étui de cuir fixé à son épaule.

Pendant un moment, Karoly a tapé des chiffres sur une petite machine sans dire un mot. De temps à autre, il prenait des notes sur son carnet.

– Voilà. À vous tous vous avez gagné cette semaine trois cent vingt-quatre euros.

Daddu a froncé les sourcils.

– Je n'y comprends rien, à tes *zorros*. Ça fait combien de leiki ?

– Attends, mon ami. J'y viens.

Il a de nouveau tapoté des chiffres sur sa calculette.

– Presque treize mille leiki.

— Treize mille !

Daddu l'a regardé avec un sourire hébété, assommé par l'énormité de la somme.

— Alors on a déjà remboursé plus d'un voyage ! Rien qu'en quelques jours.

Karoly a secoué la tête.

— Non, mon ami, pas tout à fait. Tu imagines bien qu'il y a des frais.

— Des frais ?

Karoly pointait du doigt les chiffres de son carnet.

— Il y a d'abord la location du terrain où tu t'es installé : trois mille leiki. Ensuite, la location des couvertures : mille cinq cents leiki. La location du bébé de Zelinga : quatre mille leiki… Nous en sommes à huit mille cinq cents. L'électricité : quatre cents. Les frais de dossier : cent. Les frais généraux : deux cents. Et les frais de change : quatre cents leiki…

Daddu écarquillait les yeux.

— Qu'est-ce que c'est que ça, les frais de change ?

— Zslot et Lazlo n'habitent pas ici. Il faut donc transformer les euros en leiki. C'est ce qu'on appelle le change. Crois-tu que les banques font ça gratuitement ?

Daddu est demeuré bouche bée. Jamais il n'avait mis les pieds dans une banque.

— Frais déduits, a repris Karoly, il te reste donc à peu près trois mille quatre cents leiki. C'est ce que tu peux rembourser à Zslot et Lazlo cette semaine. Tu n'as donc plus que cinquante-six mille six cents leiki de dettes. Il va falloir travailler plus, si tu veux les rembourser d'ici la fin du mois.

– Mais c'est du vol ! s'est écrié Daddu.

Karoly lui a tendu son carnet.

– Vérifie toi-même.

Daddu a jeté un coup d'œil aux gribouillages noirâtres qu'il avait sous les yeux et s'est approché de Karoly, menaçant comme un ours.

– Donne-moi mes treize mille leiki, a-t-il grondé en tendant la main.

– Dragoï, a juste murmuré Karoly.

L'homme a posé la main sur la crosse de son arme, m'man a attrapé Daddu par le bord de son manteau pour l'obliger à reculer, et Karoly a souri.

– Je sais que ça peut paraître étrange, mon ami. Surtout au début. Mais les chiffres ne mentent pas. Et puis réfléchis un peu. Trois mille quatre cents leiki en une semaine ! As-tu gagné autant d'argent une seule fois dans ta vie ?

– Non, a reconnu Daddu. Mais je n'ai rien gagné puisque je dois tout rembourser.

– Mais quand tu auras fini de rembourser, tout cet argent atterrira directement dans ta poche.

– Dans combien de temps ?…

Les doigts de Karoly ont couru sur la calculette.

– Si vous continuez comme ça, à peu près dix-huit semaines.

– Mais si on n'a pas tout remboursé à la fin du mois…

— La somme va doubler, a terminé Karoly. Je sais. Personne ne t'a jamais dit que ce serait facile. C'est pour ça que vous devez travailler plus. Pour gagner plus et rembourser vite.

Daddu n'a plus dit un mot. Karoly et son aide-comptable allaient partir quand Karoly s'est soudain retourné vers Dimetriu.

— Une petite vérification. Tu permets ?

Avant que Dimetriu ne fasse le moindre geste, Dragoï lui a tordu le bras dans le dos.

— Avec le bras qui te reste, vide tes poches !

— Mais elles sont vides, a gémi Dimetriu.

— Tu veux que je vérifie moi-même ?

Les larmes aux yeux, Dimetriu a extirpé deux billets de sa veste. L'un de cinq et l'autre de dix *zorros*.

— C'est tout ?

Il a fait un signe de tête et Dragoï l'a relâché.

— C'est sûr que si vous êtes malhonnêtes... a commencé Karoly.

Un rat est passé à ses pieds en couinant, ignorant totalement les humains qui l'entouraient. La Zone était le royaume des rats. Avant même que Karoly ne réagisse, le couteau de Daddu a jailli et cloué l'animal au sol, à quelques centimètres des semelles de Karoly. Celui-ci a sursauté. À ses pieds, le rat baignait dans son sang, agité de mouvements spasmodiques. Dragoï avait la main sur la crosse de son arme.

— Et si tu avais raté ton coup ?

– Mais… je ne rate jamais mon coup, a doucement dit Daddu, le visage fendu d'un sourire.

Sans ajouter un mot, Karoly s'est dirigé vers le cabanon de Zelinga, accompagné de Dragoï.

Attention à Karoly… Razvan ne s'était pas trompé.

17

Alors on a travaillé plus pour tenter de gagner plus. Avec Dimetriu, on a décidé de se séparer et d'opérer chacun dans son coin. On devenait moins repérables mais le métier restait difficile. Dès qu'on mettait les pieds dans un wagon, la plupart des voyageurs nous considéraient d'un sale œil et surveillaient le moindre de nos gestes. Certains descendaient même pour prendre la rame suivante. Ils n'avaient pas l'air de comprendre que c'était notre boulot. Ils mangeaient bien, eux. Alors pourquoi pas nous ? Sans compter que leur métier était beaucoup moins risqué que le nôtre.

Un jour qu'un voyageur me poursuivait en braillant comme un âne pour récupérer son portefeuille, j'ai jailli du métro, hors d'haleine, et j'ai stoppé net devant un spectacle incroyable.

Face à moi, j'avais la tour Eiffel. La vraie ! Immense ! Dressée droit vers le ciel ! Je me suis figé sur place. Le type me coursait toujours en hurlant : « Au voleur ! Au voleur ! » Il a bien failli m'attraper. J'ai jeté son portefeuille au loin pour le faire taire, il s'est précipité pour le récupérer et je me suis noyé dans la foule.

Assis sur une balustrade, les pieds dans le vide, je ne quittais pas la tour des yeux. Une dentelle de fer. Ou une fusée prête à décoller. Ou un pilier qui soutenait le ciel… Vera aurait été aux anges. À mes pieds, il y avait des jets d'eau, des bassins et des statues en pierre au milieu desquels des centaines et des centaines de touristes allaient et venaient. Certains faisaient un léger détour en m'apercevant. Exactement comme sur les marchés, avec Găman. Dans leurs yeux, je devinais la méfiance. Ils avaient peur que je fauche leurs sacs, et ils n'avaient pas tort. Ça m'a fait sourire de penser qu'un freluquet comme moi, pas même gros comme un spaghetti, suffisait à les inquiéter.

Les jours suivants, je suis revenu travailler du côté de la tour Eiffel. C'était mille fois mieux que le métro. Quel que soit le temps, il y avait toujours foule, et la plupart de ces gens étaient incroyablement riches, bien habillés, bardés de sacs, de montres et d'appareils photo. Moi, je n'avais besoin que d'un petit peu de leur argent. Un « emprunt » de quelques *zorros* pendant qu'ils levaient le nez vers le sommet de la tour qui s'enfonçait dans les nuages. Rien de plus. Ça les valait bien, non ?

J'ai abandonné le métro et commencé à me balader dans Paris. Notre-Dame, les Halles, Montmartre, l'île de la Cité, les Grands Boulevards… Je suis devenu une sorte de touriste « emprunteur ». Je choisissais les vieux. Ils sont plus riches et courent moins vite. Je ne prenais que l'argent et les papiers d'identité que Karoly revendait par la suite, et je déposais ensuite leur portefeuille ou leur porte-monnaie bien en vue sur le rebord d'une fenêtre pour qu'ils le retrouvent. Parfois, je me décidais à mendier, c'était moins fatigant, mais moins rentable. Je m'asseyais sur le trottoir, tendais la main et prenais un air infiniment triste. Le truc, c'était de fixer les gens dans les yeux, pour leur donner mauvaise conscience.

Mais ma vie a réellement changé le jour où je suis arrivé au *Lusquenbour*.

Un immense jardin avec des arbres, des fontaines, des statues de femmes nues, des pigeons qui font caca dessus et des enfants habillés comme des publicités qui jouent autour d'un grand bassin. Je n'avais jamais rien vu d'aussi beau. Rien d'aussi dangereux, non plus. Il y avait des uniformes partout. Des policiers, des gardiens et des gendarmes à n'en plus finir. Comme pour protéger les arbres.

— Luxembourg, pas *Lusquenbour*, a par la suite corrigé madame Baleine en m'expliquant que tous ces policiers, ces gendarmes et ces militaires étaient là pour assurer la protection de messieurs en cravate, généralement vieux, importants et très bien payés, qui, paraît-il, travaillaient pour la France tout à côté de ce jardin.

Mais ça, je l'ai appris bien plus tard, quand j'ai rencontré madame Baleine.

Je vais trop vite.

18

Karoly passait chaque semaine, accompagné de son aide-
comptable porte-flingue. Il écumait un à un tous les cabanons de la Zone, sortait son petit carnet bleu, tapotait les
touches de sa calculette et nous annonçait dans un grand
sourire moustachu qu'on avait bien travaillé puisqu'on ne
devait plus à Zslot et Lazlo que quelques dizaines de milliers de leiki. Il s'arrangeait toujours pour effleurer la
main, la joue ou l'épaule de Vera avant de filer « faire les
comptes » d'autres familles.

À la fin du mois, il est arrivé avec une mine déconfite.
Pour ne pas changer, il pleuvait des cordes, et le petit brasero que Dimetriu avait emprunté sur un chantier fumail-
lait sous la bâche qui nous servait de toiture. Karoly a
passé le bras autour des épaules de mon père.

– Ah ! Lazar, mon ami. Je t'avais bien dit de travailler
plus, mais tu as fait la sourde oreille. Nous voilà à la fin
du mois et tu n'as pas encore remboursé ce que tu dois.
Comment faire ?…

Il s'est tu comme s'il cherchait sincèrement une solution, les yeux humides d'émotion. Sa moustache apparais-

sait et disparaissait au gré de l'ampoule minable qui se balançait au-dessus de nos têtes et clignotait au moindre souffle.

– Tu comprends bien qu'il faut respecter le contrat, n'est-ce pas ? Ce qui est écrit est écrit, et tu as signé. Je suis obligé de doubler la somme que tu dois à nos amis qui t'ont tant aidé. Impossible de faire autrement.

Il a sorti son carnet et sa calculette.

– Cent six mille deux cents leiki. Voilà ce que tu leur dois désormais. Mais tu es un type courageux, n'est-ce pas ? Et ta famille aussi. Vous allez y arriver, j'en suis certain. Courage et bonne soirée, mes amis !

Daddu ne lui a pas répondu, occupé à rouler une cigarette.

Karoly a traversé la ruelle de boue qui nous séparait de la famille de Zelinga pour leur annoncer, à eux aussi, que c'était bien dommage, mais qu'il ne pouvait pas faire autrement que doubler la somme qu'ils devaient à nos bienfaiteurs. Daddu en avait parlé à d'autres, autour de nous : jamais personne n'avait réussi à rembourser Zslot et Lazlo en temps voulu. Quant à ceux qui avaient tenté d'y échapper, Dragoï s'était occupé d'eux.

– Inutile de faire cette tête-là, a dit Daddu en nous regardant. Razvan avait raison. Ce salopard nous prend pour des abrutis. Jamais on n'arrivera à rembourser ces deux ordures de Zslot et Lazlo. Mais il y a une autre façon de faire les comptes.

Daddu a allumé sa cigarette et levé le pouce.

71

– Un : on a l'électricité.

Il a levé l'index vers l'ampoule.

– Deux : on mange tous les jours à notre faim.

Et il a levé le majeur.

– Et trois : on finira bien par clouer le bec à Karoly et à son chien de garde. Et ce jour-là...

Daddu a souri et m'man aussi, ce qui était un événement. Dans une gerbe d'étincelles, elle a attisé le feu. Dimetriu avait rapporté de la bière et des saucisses qu'on a fait griller sur le brasero ; Vera s'est mise à chanter. Moi, je ne pensais qu'au *Lusquenbour*.

Tout y était si beau que ça ressemblait au paradis.

19

Quand j'y suis retourné le lendemain, il y avait comme un avant-goût de printemps dans l'air. Un temps frais, sec et ensoleillé. Ce n'est pas que je m'intéresse plus que ça à la météo, mais c'est important pour la suite.

Avec ma tête, mieux vaut éviter les coins où il y a trop de képis. C'est comme ça que je suis arrivé dans une allée un peu à l'écart. Elle était en travaux, bordée de grandes palissades de bois – un détail aussi important pour la suite que la météo. Sans ces palissades, rien ne serait arrivé. Personne n'y travaillait et l'allée était incroyablement silencieuse.

Malgré la fraîcheur, des gens étaient assis à de petites tables, deux par deux, face à face, engoncés dans leurs manteaux et leurs écharpes. Entre eux, posés sur les tables, des espèces de plateaux avec des cases noires et d'autres blanches. Et, sur les cases, de drôles de petites figurines en bois. Les unes noires, les autres claires. Certaines ressemblaient vaguement à un cheval, d'autres à des bonshommes, ou encore à des tours, mais la plupart ne ressemblaient à rien du tout.

Ces gens ne parlaient presque pas. De temps en temps, l'un ou l'autre déplaçait une petite sculpture de bois. Il l'avançait ou la faisait reculer de quelques cases. L'autre soupirait, souriait, attendait, se mordait les lèvres... et déplaçait à son tour une figurine. Et ça recommençait. Ces gens ne regardaient pas autour d'eux, ne levaient pas la tête, ne bougeaient pas... Ils ne s'occupaient que de leurs petits personnages de bois. Comme si rien n'était plus important.

J'ai remonté l'allée de bout en bout sans que personne ne fasse attention à moi. Parfois le regard de l'un ou l'autre glissait sur moi, mais sans vraiment me voir. J'étais transparent, et leurs petits personnages noirs et blancs les absorbaient complètement. J'ai vite compris que ces gens-là jouaient à un jeu qui les captivait si fort que plus rien n'existait autour d'eux. Pourquoi ai-je été tout de suite attiré comme un aimant ? Je n'en sais rien, mais, plus que tout, j'avais envie de les regarder jouer.

Tout contre la palissade, un gros monsieur faisait face à un encore plus gros. L'un et l'autre tellement accaparés que j'aurais pu hurler à leurs oreilles sans qu'ils se retournent.

Je me suis faufilé derrière la palissade, un jeu d'enfant pour quelqu'un habitué à sauter les portillons du métro. Personne derrière, rien que de la terre fraîchement retournée et quelques outils dans une brouette. Je me suis installé du mieux que j'ai pu et, par une fente entre deux planches, j'ai observé monsieur Gros et monsieur Énorme. Chacun à son tour, ils déplaçaient leurs petites figures de bois. Une fois les noirs, une fois les blancs. Une fois monsieur Gros, une fois monsieur Énorme. Parfois tout allait très vite. Parfois ils prenaient le temps de réfléchir. Monsieur Énorme tripotait alors le nœud papillon qui lui étranglait le cou avant de se décider à jouer. Moi, j'essayais de comprendre. À un moment, monsieur Gros a avancé un cheval noir et s'est renversé en arrière avec un petit rire silencieux.

— *Tchèquématte*, a-t-il dit. Tu n'aurais pas dû bouger ta tour.

J'ai réalisé à ce moment-là que monsieur Gros était en fait une dame aux cheveux blancs coupés très court. Je lui ai aussitôt trouvé un nom, *Doamnă Balenă*. Madame Baleine… Ça lui allait plutôt bien.

— Revanche demain ? a demandé monsieur Énorme. (Lui, c'était bien un homme.)

— Si on est encore en vie, a ajouté madame Baleine.

Moi, j'avais juste compris « demain ».

Et le lendemain, bien avant l'heure, j'étais là, à les attendre, planqué derrière ma palissade, l'œil collé à la fente. Monsieur Énorme et madame Baleine sont arrivés presque en même temps. Ils se sont embrassés sur leurs grosses joues molles, ont posé le plateau sur une table, installé les figurines de bois sur les cases, et ils ont commencé à jouer. Tour à tour. De temps en temps, l'un ou l'autre prenait une pièce à son adversaire et la mettait de côté.

Je voyais tout et personne ne me voyait.

Tout ce que j'ai réussi à comprendre, c'est que, lorsque l'un disait *« tchèquématte »*, l'autre avait perdu.

– On s'en refait une ?

Et ils ont recommencé.

Je regardais toujours. Mon seul problème, c'est que j'avais complètement oublié de travailler. Bien sûr, j'aurais pu passer derrière les joueurs et leur soutirer quelques *zorros*. Le portefeuille de monsieur Énorme dépassait tellement de la poche de son manteau chic et chaud que c'était très tentant. De toute façon, absorbés par leur jeu comme ils l'étaient, j'aurais pu piquer jusqu'à leurs chaussettes sans qu'ils s'en aperçoivent.

Mais, sans que je sache très bien pourquoi, pour rien au monde je ne l'aurais fait.

Monsieur Énorme a redressé son nœud papillon.

– *Tchèquématte*, a-t-il lâché en se donnant une grande claque sur la cuisse.

20

– Pas un seul euro !

Karoly a levé sur moi un œil soupçonneux. Je regardais le bout de mes baskets boueuses. Quelque part, un moteur a démarré dans une pétarade assourdissante. Le vacarme du campement nous obligeait à parler fort. Karoly s'est tourné vers mon père.

– Lazar, mon ami, ce mouflet mérite une solide correction. S'il commence à feignasser, t'es pas près de rembourser. Veux-tu que Dragoï s'en charge ? Il est une sorte de spécialiste de ce genre de problème.

Du bout du pied, Daddu a écrasé le minuscule mégot de sa cigarette.

– Besoin de personne. C'est une affaire de famille.

– Comme tu veux, a grondé Karoly avant de s'éloigner dans le labyrinthe de la Zone, mais veille à ce que ça ne se reproduise pas. Zslot et Lazlo n'apprécient pas trop les tire-au-flanc.

Dimetriu avait trouvé un filon de saucisses et, depuis quelques jours, on ne mangeait plus que ça.

– Alors ?... Qu'est-ce que c'est que cette histoire ? a demandé Daddu en en piochant une du bout de ses gros doigts. Qu'est-ce que tu as fait de ta journée ?

– Rien... J'ai regardé.

– Regardé quoi ?

– Autour de moi. Les gens...

La saucisse est restée un instant en suspens, à mi-chemin des lèvres et du brasero.

– Toi, tu me caches quelque chose, a finalement grogné Daddu en enfournant toute la saucisse d'un coup dans sa bouche. Regarder... Non mais, je te demande un peu !

Quand on s'est couchés, Vera s'est glissée à côté de moi.

– Cip, t'as fait quoi, en vrai ? a-t-elle chuchoté. Tu peux me le dire, à moi.

– Non. Faut d'abord que je réfléchisse.

– À quoi ?

– À ce que j'ai regardé.

Les radios, les télévisions, les braillements des bébés, les engueulades qui éclataient pour un oui ou pour un non, le grondement des moteurs... La rumeur du campement m'enveloppait comme un cocon. Je repensais au *Lusquenbour*, et aux petites sculptures de bois que monsieur Énorme et madame Baleine déplaçaient sur les cases noires et blanches de leur plateau. C'était mon secret.

21

On s'est réveillés sous une pluie tenace qui transformait la Zone en bourbier. Au-dessus de ma tête, la bâche résonnait comme un tambour. Monsieur Énorme et madame Baleine ne seraient pas au rendez-vous.

J'ai quand même fait un détour par le *Lusquenbour*. L'allée des joueurs était déserte. J'ai traînassé au hasard, sans me soucier de mon chiffre d'affaires, et j'ai fini par me réfugier dans les couloirs de la station Montparnasse, assis par terre, à tendre la main comme un miséreux. Bilan de la journée : cinq *zorros*. Autant dire rien. De quoi mettre Karoly en fureur, mais je m'en moquais.

Je repensais aux doigts boudinés de monsieur Énorme en train de saisir délicatement les petites pièces de bois, aux gestes de madame Baleine pour les déplacer. Le souvenir était si précis que j'ai été pris d'une sorte de vertige. Mon corps mendiait dans les couloirs du métro, mais ma tête était au *Lusquenbour*.

J'ai fermé les yeux. Et tout m'est revenu.

Quand je dis tout, c'est tout.

Je me souvenais de chacun des instants du jeu. Très exactement.

Après avoir effleuré son nœud papillon du bout des doigts, monsieur Énorme avait entamé la première partie en avançant de deux cases une figurine qui ressemblait à un minuscule bonhomme avec une tête toute ronde. Madame Baleine avait répliqué en faisant la même chose. Les deux pièces s'étaient retrouvées nez à nez. Ensuite monsieur Énorme avait déplacé un cheval… Toute la partie m'est revenue en tête, geste par geste, jusqu'au moment où monsieur Énorme a annoncé « *tchèquématte* » en se tapant sur la cuisse.

Je n'avais rien oublié !

J'ai rouvert les yeux, aussi étourdi que si je venais de tournoyer sur moi-même. Au même instant, une fille a surgi à l'angle du couloir. Jupe longue, foulard rouge sur les cheveux, blouson de cuir râpé sur les épaules et un bébé endormi dans un châle qu'elle portait en bandoulière. J'ai sursauté comme si je venais de prendre une décharge électrique. C'était Vera et le bébé de Zelinga.

Elle ne m'avait pas vu. Mais moi je la voyais errer d'un voyageur à l'autre, la main tendue, le visage figé, l'air terriblement triste et le regard braqué sur les gens, comme Karoly nous avait recommandé de le faire lorsqu'on mendiait.

La plupart des gens détournaient le regard ou se débrouillaient pour l'éviter. D'autres levaient les yeux au ciel d'un air exaspéré. De temps à autre, l'un d'eux déposait au creux de sa main une pièce qu'elle empochait en murmurant un *« mulţumesc »* – merci – que je devinais plus que je ne l'entendais. Le bébé de Zelinga dodelinait de la tête, à demi endormi, et le regard de Vera semblait parfaitement vide, comme si elle n'habitait plus son corps. Elle approchait. Trop tard pour que je file ! Je me suis rencogné, le souffle court. J'aurais voulu m'incruster dans le mur. Disparaître. N'avoir rien vu.

Elle est passée devant moi sans me remarquer. Et je l'ai regardée se perdre parmi la foule des voyageurs. J'avais envie de pleurer.

Était-il possible que cette Vera, si terne et si triste, soit la même que celle qui dansait avec son tambourin lorsque Daddu se battait contre Găman ?

J'aurais voulu enfoncer mes mains dans la fourrure râpeuse de Găman et entendre Mammada grommeler dans son coin. Mais tout ça paraissait si loin. Une autre vie...

J'ai filé. Un écran de télé suspendu au carrefour de plusieurs couloirs donnait la météo des journées à venir. Demain, grand soleil et thermomètre en baisse : beau et froid.

Impossible de savoir s'il s'agissait d'une bonne ou d'une mauvaise nouvelle. Par beau temps, l'allée des joueurs devait être remplie. Mais s'il faisait trop froid ?...

22

Monsieur Énorme et madame Baleine étaient des pas-
sionnés. Ils sont arrivés en début d'après-midi, emmitouflés jusqu'aux yeux. Il n'y avait qu'une petite dizaine de
joueurs dans l'allée. Moi, assis sur un seau retourné, je les
attendais derrière la palissade.

Ils se sont embrassés à la va-vite sur leurs joues tremblotantes et ont tout de suite commencé à jouer. De
temps à autre, madame Baleine sortait un thermos de son
sac et remplissait deux gobelets de café fumant. Elle a
gagné les deux parties de l'après-midi.

– On arrête là, a-t-elle fait. Sinon on va geler sur
place.

Monsieur Énorme a acquiescé en essuyant la goutte
qui pendouillait au bout de son nez.

Le froid d'ici aurait dû me faire sourire. Un froid de
débutant. Dans mon pays, là où on avait laissé Găman et
Mammada, l'hiver était mille fois plus glacial. Mais à force
de ne pas bouger, moi aussi je me sentais gelé jusqu'à la
moelle. Je me suis réfugié dans la gare de *aireuhaire*

Lusquenbour, toute proche, et me suis assis par terre en tendant la main. J'ai fermé les yeux et, comme la veille, les deux parties de la journée me sont revenues en mémoire. Incroyablement précises. On m'aurait donné les petites figurines de bois et le plateau avec les cases noires et blanches que j'aurais pu tout rejouer de mémoire.

Ça me surprenait bien un peu, mais, après tout, jamais je n'avais essayé de me souvenir de choses compliquées. Peut-être que tout le monde était capable d'en faire autant...

À force d'observer le jeu par la fente de ma palissade, je commençais à comprendre comment déplacer les petites pièces de bois. Celle qui ressemblait à un château, par exemple, avançait toujours tout droit, que ce soit en avant, en arrière ou sur les côtés. Le petit bonhomme avec une tête toute ronde marchait droit devant lui, d'une seule case à la fois, parfois deux la première fois qu'il bougeait. Jamais plus. Toujours en avant. Jamais sur les côtés sauf pour attraper une pièce du camp adverse. Le cheval, lui, galopait de travers alors qu'une autre petite chose qui ne ressemblait à rien n'avançait qu'en diagonale...

Ce que je ne comprenais pas, c'est à quel moment il fallait dire « *tchèquématte* ». Et ça, c'était important, puisque celui qui le disait avait gagné. Fallait que je regarde encore. Que je réfléchisse plus.

Je fermais toujours les yeux, la main tendue devant moi au cas où quelqu'un aurait eu l'idée d'y déposer une pièce, lorsqu'une grosse voix m'a fait sursauter.

– Mais qu'est-ce qu'il fout là, ce môme ?

J'ai rouvert les yeux et mes cheveux se sont hérissés sur ma tête. Madame Baleine me secouait par l'épaule.

– Ça va, petit ?

J'étais pétrifié. Comme si un fantôme venait de surgir en face de moi. Je n'ai rien pu répondre. Pas le moindre son. De toute façon, à l'époque, je ne baragouinais que quelques mots de français. C'est plus tard, avec madame Beaux-Yeux, que j'en ai appris des centaines et des centaines. Y compris des mots qu'elle-même ne connaissait pas ! Mais là encore, je vais trop vite. Pour l'instant, madame Baleine me secouait comme un prunier dans le couloir du *aireuhaire Lusquenbour*. Elle était presque aussi large que Găman, en moins poilue et sans anneau dans le nez.

– Gros comme t'es, a-t-elle repris, tu ne dois pas manger souvent. Tiens, prends-moi ça !

Elle m'a collé entre les mains un billet de dix *zorros*, un pain au chocolat tout chaud, et a filé en ronchonnant.

– Non, mais si c'est pas la misère, ça ! Nous autres, on crève de fric, eux, ils crèvent de faim, et tout le monde s'en fout !

Les gens évitaient son regard autant qu'ils évitaient le mien et faisaient un détour pour passer au large.

La seule chose sur laquelle madame Baleine se trompait, c'est que je ne crevais pas de faim. Grâce à Dimetriu, on avait toujours de quoi manger. Mais je suis fait comme ça : même en mangeant comme un ogre, je reste gros comme un haricot. J'ai englouti le pain au chocolat en quelques bouchées. Jamais je n'avais mangé quelque chose d'aussi bon. Pas même la soupe au hérisson.

23

Il a fait beau pendant une dizaine de jours.

Alors, pendant une dizaine de jours, chaque après-midi, je suis resté derrière ma palissade, à observer monsieur Énorme et madame Baleine. Ils semblaient avoir leur table réservée, et jamais personne d'autre ne s'y installait.

De temps à autre, ils échangeaient quelques mots. C'est comme ça que j'ai commencé à apprendre le nom des pièces. Le bonhomme à tête toute ronde et court sur pattes s'appelait « *pion* ». Le grand truc avec une croix plantée sur la tête, c'était « *leroi* ». Tout aussi grand, mais sans la croix, c'était « *larène* ». Les petites cases blanches et noires s'appelaient un « *léchikier* », ou quelque chose comme ça.

Tchèquématte ! Tantôt monsieur Énorme gagnait, et tantôt madame Baleine. Presque à égalité. Parfois ils disaient « *patte* », et la partie s'arrêtait là sans que je comprenne pourquoi.

Je me débrouillais pour travailler un peu le matin mais

le cœur n'y était pas. La plupart du temps, je mendiais dans les couloirs du métro, la main tendue et les yeux mi-clos, prêt à filer au cas où des képis auraient pointé le nez. Dans ma tête, je rejouais une à une les parties que j'avais vues. Celles de la veille, celles des jours précédents... tout était gravé dans ma mémoire. Le reste du temps, je le passais derrière ma palissade. Les joueurs et leurs *léchikiers* occupaient tout mon après-midi.

Le soir, je m'efforçais de rentrer le plus tard possible pour échapper à la surveillance de Karoly et de Dragoï. Mais peine perdue. Chaque jour, à la nuit tombée, ils faisaient leur ronde, empochaient les quelques *zorros* que je rapportais et me regardaient d'un sale œil, à deux doigts de me fouiller, mais Daddu se débrouillait toujours pour les calmer.

Au bout de quelques jours, il m'a pris par l'épaule et m'a entraîné dehors. Razvan nous a rejoints. Presque tous les soirs, Daddu et lui se retrouvaient. Ils fumaient une cigarette ensemble, discutaient de tout et de rien, d'ici et du pays... L'un comme l'autre ne parlaient presque jamais avec les autres hommes de la Zone, comme si le fait d'être des Ursaris faisait d'eux des êtres à part.

— Ça peut pas continuer comme ça, Ciprian ! a commencé Daddu. Avec tes conneries, on va finir par avoir de vrais ennuis ! Ces types sont des brutes, et je ne serai pas toujours là pour te protéger. Qu'est-ce que tu fais de tes journées ?

Je lui ai répondu la moitié de la vérité.

– Je réfléchis.

Une affirmation suffisamment étrange pour que Daddu prenne le temps de rouler une cigarette.

– Je connais les animaux, Ciprian, a-t-il commencé à mi-voix. Je les connais bien.

Il a allumé sa cigarette et celle de Razvan avec son vieux briquet à essence.

– Et les hommes sont des animaux comme les autres, a-t-il repris. Je sais reconnaître quand il y en a un qui ne rentre pas dans le moule, qui ne ressemble pas aux autres. Un qui est plus malin. Găman n'était pas un ours comme les autres, il était plus astucieux. C'est pour ça que, lui et moi, on a travaillé ensemble pendant des années.

Il a soufflé un nuage de fumée.

– Pareil pour toi. T'es pas bâti sur le même modèle que tout le monde. T'es différent. Je ne sais pas pourquoi, mais je le sens. J'ai aucune idée de ce que tu fais de tes journées, et j'imagine que tu ne me diras rien. Mais fais attention, Ciprian, on n'est pas les maîtres du jeu. Le temps de l'empereur Sigismond, c'est fini. Y a plus personne pour nous protéger, maintenant... Rien que nous.

Les yeux mi-clos, Razvan nous écoutait sans rien dire.

– Les types comme Karoly n'aiment pas qu'on leur résiste, a-t-il ajouté après un silence. Y a rien de bon en eux. Tout ce qu'il mériterait, c'est de...

Il n'a pas terminé sa phrase.

— Fais attention à toi, mon gars !

La braise de sa cigarette luisait dans la pénombre comme un minuscule signal d'alarme.

24

C'est le dixième jour que j'ai compris.

Les écrans météo du métro promettaient de la pluie pour le lendemain. C'était la dernière journée de beau temps froid, l'allée était remplie de joueurs emmitouflés, madame Baleine et monsieur Énorme étaient fidèles à leur rendez-vous.

Madame Baleine jouait avec les pièces blanches, monsieur Énorme avec les noires. À un moment, monsieur Énorme a avancé en biais une pièce qu'il appelait « *fou* ». « *Tchèquématte* », a-t-il annoncé avec un sourire noyé au milieu de ses grosses bajoues. Il jouait avec son nœud papillon, heureux comme un gamin.

– Et merde ! a lâché madame Baleine en faisant tomber son roi blanc du bout des doigts.

Je ne quittais pas le *léchikier* des yeux. Je venais de repérer une chose que je n'avais encore jamais remarquée, mais je n'arrivais pas à savoir exactement quoi. Dans ma tête, j'ai repassé les derniers coups comme dans un film, et j'ai soudain réalisé que le roi blanc était coincé. Où

qu'il aille, il se faisait manger ! *Tchèquématte*, ça voulait dire
«ton roi est piégé». Le but du jeu, c'était ça : traquer le
roi de l'adversaire, jusqu'à ce qu'il soit incapable d'échapper à son sort.

— Revanche ? a proposé madame Baleine.

Et cette fois, c'est elle qui a bloqué le roi de monsieur
Énorme.

— On a le temps de faire la belle ?

Mais monsieur Énorme a refusé en essuyant la goutte
qui pendouillait au bout de son nez. Il s'est éloigné le
long de l'allée avec ses grosses fesses tremblotantes et son
portefeuille à demi sorti de sa poche. Contrairement à son
habitude, madame Baleine était toujours à sa place. J'étais
coincé. Tant qu'elle était là, je ne pouvais pas bouger. Les
gardiens n'allaient pas tarder à siffler pour annoncer la
fermeture du jardin. Le regard un peu vague, comme perdue dans ses pensées, elle a attendu que l'allée se vide des
derniers joueurs.

— Tu peux te montrer maintenant, a-t-elle finalement lâché. Je suis curieuse de voir à quoi tu res-
sembles.

Il n'y avait que moi à proximité. Je me suis tassé contre
la palissade.

— Hé ! L'ami ! a-t-elle repris un peu plus fort. Tu es
sourd ou quoi ? Tu peux sortir de ton trou, je te dis. Il n'y
a plus que toi et moi. Tu ne vas pas rester planté là toute
la nuit.

Elle s'est levée et est venue coller son œil contre la

fente de la palissade. Elle respirait comme une énorme bête. J'ai tenté de m'aplatir contre les planches.

– C'est à toi que je cause, jeune homme. T'imagines quand même pas qu'à mon âge je vais escalader les planches pour aller te chercher par la peau des fesses.

Je me suis retrouvé face à elle. À ne pas oser lever les yeux.

– On s'est déjà vus, non?… Je me trompe?

– Moi, rien mal, ai-je bredouillé. Juste regarder.

– Regarder quoi?

– Toi joues, avec monsieur Énorme.

Ça l'a fait rire.

– Chouette surnom! Je préfère ne pas te demander comment tu m'appelles.

– Baleine. Madame Baleine…

– Bon, a-t-elle soupiré. Ça aurait pu être pire. Revenons à notre histoire. Tu nous regardes. Admettons. Mais ça fait un bout de temps que j'ai repéré ton petit manège. Qu'est-ce que tu veux?

Je n'avais rien compris à tout son charabia, sauf sa question.

– Moi jouer…

– Tu veux jouer?… Contre moi?… Mais pour ça, faut commencer par apprendre?

– Appris un peu.

– Tu sais jouer?

Pour la première fois, je l'ai regardée dans les yeux et j'ai fait oui de la tête.

– Tu m'as l'air d'un drôle de moineau, toi.

Elle a hésité un court instant. Les sifflets des gardiens ont retenti.

– Le jardin va fermer. Viens avec moi.

Elle m'a entraîné dans un café, a commandé un rhum, un chocolat chaud et a sorti de son sac un *léchikier*.

– Comment tu t'appelles ?

– Ciprian.

– Gros comme tu es, j'ai bien envie de t'appeler Mister Vermicelle ! Après tout, tu m'appelles bien la Baleine… Allez ! Installe déjà les pièces, que je voie si tu baratines ou pas.

J'ai placé les pièces sur les carrés noirs et blancs.

– C'est mal parti, a-t-elle grogné. Tu me fais perdre mon temps, mon garçon. Tu as mis l'échiquier dans le mauvais sens. Au coin, là, en bas, à droite, c'est toujours une case blanche.

Je n'avais rien compris, si ce n'est qu'elle était de mauvais poil.

Avec un soupir, madame Baleine a placé le *léchikier* dans le bon sens en me montrant la case blanche.

– En bas, à droite ! C'est bon, cette fois ? Tu as pigé ?

– Oui, je pigé.

J'ai replacé les pièces. D'un signe de tête, elle a approuvé, puis elle a caché deux pions au creux de ses paumes, un noir et un blanc, et m'a tendu les mains.

– Laquelle ?

Je suis tombé sur les blancs.

– C'est toi qui commences.

J'ai avancé un pion de deux cases. Madame Baleine a fait la même chose. Nos deux pions étaient face à face. Je me suis souvenu des débuts de partie que j'avais déjà vus, et j'ai joué le cheval. Madame Baleine m'a jeté un coup d'œil. Le chocolat chaud et le rhum sont arrivés. Elle a bu une gorgée de rhum tandis que je me brûlais avec le chocolat. C'était incroyablement bon.

Au neuvième coup, je lui ai pris un fou.

Elle a vidé son verre de rhum, laissé échapper un petit rire et posé les deux coudes sur la table.

– Ton cas devient intéressant, Mister Vermicelle. Encore un chocolat ? a-t-elle demandé au treizième coup.

J'ai hoché la tête et elle a commandé un autre rhum.

On a continué à jouer en silence, sans faire attention aux bruits du café.

– *Tchèquématte !* a fini par dire madame Baleine.

Elle est restée silencieuse pendant quelques instants, les yeux fixés sur le jeu.

– Où est-ce qu'un morveux comme toi a bien pu apprendre à jouer comme ça ?

J'ai sorti le nez de ma tasse pour lui sourire. Je ne comprenais rien de ce qu'elle disait.

– Comment tu as appris ? a-t-elle repris.

– Je regarder toi dans *Lusquenbour*. Longtemps.

– Oui, ça je sais. Mais avant ?

– Pas avant. Avant pas jeu.

Madame Baleine a plongé ses yeux dans les miens.

— Qu'est-ce que c'est que ces fariboles ?

J'ai secoué la tête.

— Pas rafiboles. Vérité. Je pas jeu avant.

— C'est en nous regardant que tu as appris tout ça ?

— Regardant et dans moi tête. Là, tous les jeux, ai-je fait en me touchant le front. Tous !

— Tu veux dire que tu te souviens des parties que tu as regardées ?...

Une fois de plus, je n'avais rien compris.

— Tous les jeux sont là ? a-t-elle redemandé en se touchant le front avec l'index. Tu te souviens ?

J'ai fait oui de la tête.

— Montre-moi ça !

J'ai replacé les pièces sur le *léchikier*. Petite case blanche en bas à droite. Ne pas oublier !

— Hier. Toi et monsieur Énorme. Regarde !

Et j'ai commencé à rejouer la première partie de la veille. Madame Baleine sirotait son rhum sans me quitter des yeux.

Je suis arrivé au *tchèquématte* et l'ai regardée.

— Tu contente ?

— Je très contente, Vermicelle. Tu me bluffes. Tu m'as tout l'air de sortir de la cour des miracles, mais côté neurones, t'es milliardaire... À propos, tu sais comment il s'appelle, ce jeu ?

Je ne comprenais rien.

— Ce jeu, a insisté madame Baleine, son nom ?

— *Tchèquématte.*

Elle a éclaté de rire.

– C'est joli, mais ce n'est pas ça, bouge d'âne. Les échecs. Ça s'appelle les échecs.

– *Lèzéchek…*

Elle a hoché la tête et a semblé réfléchir un instant.

– On se revoit demain, Ciprian ? Ici même heure ? Tu comprends ?

– Oui. Je comprends. Demain, ici.

– Et l'école ?

– Je pas école, ai-je fait avec un grand sourire.

Madame Baleine a poussé le même soupir que Găman quand il en avait assez de se battre. Elle a sorti un billet de dix *zorros*, me l'a tendu et s'est levée.

– Tiens. Prends ça. Pour manger, hein ! Pas pour jouer au loto ou ces conneries-là ! Compris ? Demain, ici, même heure. Si on est encore en vie. Tu as intérêt à être là sinon je te botte les fesses. Et pour l'école, on va en recauser, crois-moi ! Qu'un gamin comme toi n'y aille pas, c'est vraiment gâcher la marchandise !

25

Les gens qui ont des maisons se méfient de ceux qui n'en ont pas. C'est pour ça qu'ils cassent celles qui sont vides et dans lesquelles on pourrait s'installer. Pour être sûrs qu'on ne leur ressemble jamais. Les rues qui longeaient la Zone étaient bordées d'immeubles dont les fenêtres avaient été murées et les portes soudées au chalumeau, exprès pour que personne n'y entre. Aux alentours, tout était éventré, arraché… Le bitume de la route était défoncé et les ampoules des réverbères brisées à coups de pierre.

C'est à cause d'eux que c'est arrivé. Les réverbères.

Avec de la lumière dans la rue, j'aurais aperçu une ombre, un mouvement, quelque chose… Mais là, rien. Karoly a surgi de l'obscurité. J'ai laissé échapper un cri avant de tenter de filer, mais la poigne de Dragoï s'est abattue sur mon épaule.

— Faut qu'on ait une petite discussion, a fait Karoly. On a des choses à se dire, toi et moi.

Sa voix était comme une lame de rasoir. Il a braqué sa torche sur moi. Je ne voyais rien, pas même son visage, mais je devinais que cette fois sa moustache ne cachait aucun sourire.

— Où est le fric?

En tremblant, je lui ai donné les dix *zorros* de madame Baleine. Il a rapidement éclairé le billet.

— Tu te fous de moi? Et le reste?

— C'est... c'est tout. Y a pas de reste.

De nouveau, la lumière sur moi.

— T'es qu'un petit merdeux! Un sale menteur. Voilà je ne sais combien de temps que tu reviens de tes journées avec des sommes minables et tu veux que j'avale que tu n'as rien gagné d'autre pendant tout ce temps?

— C'est la vérité.

Ma voix n'était qu'un filet. Les grosses pattes de Dragoï me fouillaient.

— La vérité, c'est que tu gardes le fric pour toi. Mais à ce petit jeu-là, tu risques gros. Où est-ce que tu le planques?

J'ai secoué la tête, la bouche sèche, incapable de prononcer un mot de plus.

— Tu as tort de t'obstiner, mon jeune ami. D'autant que cette fois papa n'est pas là pour te protéger. Ta famille nous doit encore...

Il a sorti le petit carnet bleu de sa poche et l'a placé dans le faisceau de sa torche.

— Cent huit mille six cents leiki. Tant que ce n'est pas remboursé, tu dois travailler pour nous. Mais je vois que tu as du mal à te fourrer cette idée dans ton petit crâne.

Dragoï, fais-lui comprendre en douceur. Moi, ça me fatigue. Si je touche à ce morveux, je l'écrabouille.

Dragoï n'a frappé qu'une fois. Sa paume s'est écrasée pile sur mon oreille gauche, si fort qu'il m'a semblé que ma tête explosait. La main de Dragoï s'est plaquée contre mes lèvres pour m'empêcher de crier. Je me suis écroulé, à demi évanoui de douleur. Karoly avait raison, Dragoï était une sorte de spécialiste. Il savait exactement où frapper pour faire mal.

— Alors ? a repris Karoly. Le fric.

Dragoï m'a relevé de force et a doucement ôté sa main de ma bouche.

— Si tu gueules, je cogne, a-t-il murmuré.

— Pas d'argent, ai-je hoqueté. Travaille pas… C'est vrai.

J'entendais à peine le son de sa voix. Mon oreille hurlait comme si des milliers d'alarmes venaient de se déclencher dans ma tête. Mes joues étaient trempées de larmes.

— Alors tu fais quoi de tes journées ?

Sous mon crâne, le vacarme était assourdissant.

— Rien. Je regarde.

— Tu regardes quoi ?

— Des gens qui jouent…

Karoly a levé les yeux au ciel.

— Ma parole ! Il me prend pour un con, ce morveux ! Quelqu'un d'autre t'a recruté, c'est ça ? Tu travailles plus pour moi ?

— Non… Personne. Promis.

— Dragoï.

Le second coup s'est abattu, exactement au même endroit.

Nouvelle explosion dans mon oreille. Je me suis effondré. Avant que Dragoï ne me bâillonne de sa main, j'ai poussé un hurlement tandis que les sirènes se déchaînaient dans ma tête. La douleur était insupportable. J'ai plaqué mes mains sur mes tempes. Mon cerveau allait éclater.

Au loin, dans la pénombre, comme noyées dans le brouillard, je devinais les silhouettes des femmes qui remplissaient leurs bidons. Elles ne pouvaient pas ne pas m'avoir entendu. Mais personne ne bougeait. C'était la règle. Ne jamais s'occuper des affaires des autres.

Surtout lorsque Karoly y était mêlé.

Il s'est penché vers mon autre oreille pour me souffler quelques mots.

— Écoute-moi bien tant que tu le peux encore. Je vais être gentil. Je te donne deux jours pour rapporter tout ce que tu me dois. Tu m'as bien compris ? Quatre cents euros minimum. Si je n'ai rien dans deux jours, je fous le feu à ta cabane de merde et je m'occupe de ta sœur. Dégage maintenant.

Dragoï m'a flanqué un coup de pied dans les côtes et je suis resté recroquevillé sur le trottoir glacé, la tête en feu et le souffle coupé, secoué de haut-le-cœur.

Là-bas, les femmes remplissaient toujours leurs bidons d'eau. Une silhouette s'est détachée de l'ombre. Elle a attendu pour s'approcher que la voiture de Karoly et de Dragoï tourne l'angle de la rue. Une main m'a tendu un gobelet d'eau.

— Bois ça.

Razvan. J'entendais à peine sa voix.

— On t'avait dit de faire attention à ce salopard. Tu n'es pas de taille... Un moucheron comme toi !

Il m'a aidé à me relever sans se soucier des coups que j'avais reçus.

— Mais t'inquiète. Un jour, quelqu'un s'occupera de lui. S'en occupera sérieusement. Ces types-là meurent rarement dans leur lit.

Il m'a raccompagné. Je ne l'entendais qu'à travers le vacarme effroyable de mon crâne. Un filet de sang chaud et poisseux coulait de mon oreille.

26

M'man examinait mon oreille à la lueur de l'ampoule qui se balançait au plafond en clignotant au moindre souffle. Elle me massait la joue, la nuque et la tempe, comme pour en extraire la douleur. Razvan et Daddu discutaient à voix basse, et les poings de Daddu se serraient et se desserraient comme lorsqu'il se préparait à lutter contre Găman. Ses tatouages ressemblaient à d'énormes griffes. Dans l'ombre, je devinais les regards de Vera et de Dimetriu.

À l'intérieur de mon crâne, les sirènes semblaient ne jamais devoir cesser de hurler. Je n'entendais plus rien du côté où Dragoï m'avait frappé.

Razvan s'est éloigné et Daddu a fouillé au fond de son sac. Le seul objet personnel qu'il avait emporté lorsqu'on était partis, c'était son couteau. Il l'a tiré de son étui, a passé le doigt sur le fil de la lame. L'ampoule du plafond se reflétait dessus. La dernière fois qu'il avait servi, ça avait été pour planter le rat aux pieds de Karoly.

— Range ça, Lazar ! a murmuré m'man.

Des mots que j'ai lus sur ses lèvres plus que je ne les

ai entendus. Le ton était sans réplique. Elle parlait si rarement… Personne n'aurait osé discuter. Pas même Daddu.

Il a replacé la lame dans l'étui, le couteau dans le sac. Comment leur annoncer la menace de Karoly ? *Si je n'ai rien dans deux jours, je fous le feu à ta cabane de merde et je m'occupe de ta sœur.* À la façon dont Karoly regardait Vera, je savais ce que ça voulait dire, mais j'étais incapable de répéter une chose pareille.

Quelques semaines plus tôt, une fille de Mitrovesça avait disparu du campement. Depuis, personne ne l'avait plus revue. Les rumeurs les plus diverses avaient couru sur son compte. On disait qu'elle s'intéressait de trop près aux garçons, mais une fille ne disparaît pas pour ça. On disait surtout qu'elle avait caché de l'argent aux hommes de Zslot et Lazlo et que ces deux-là ne laissaient jamais une dette impayée.

Tout ce qu'on a retrouvé d'elle, c'est son foulard rouge. Le même que celui de Vera. Le rouge du tissu se mêlait au rouge du sang. Un instant, j'ai repensé au gros charcutier de Tămăsciu, et à son tablier taché de sang.

Je me suis allongé, secoué de frissons, l'oreille gauche et le crâne en feu. Vera est venue s'étendre à côté de moi.

– Qu'est-ce qui se passe, Cip ? m'a-t-elle soufflé. Qu'est-ce que tu fais de tes journées ?

Mes oreilles déformaient les sons, et sa voix ressemblait à un mugissement.

Impossible de lui avouer que je passais mon temps dans un jardin à observer une grosse dame et un énorme monsieur en train de jouer avec des petits personnages de bois. Dit comme ça, ça semblait idiot.

– Je t'ai vue, l'autre jour, Vera, ai-je murmuré.

Ma voix résonnait comme dans une église. Comme si je m'entendais de l'intérieur.

– Je t'ai vue dans les couloirs du métro. Tu mendiais avec le fils de Zelinga dans les bras.

– Tu m'espionnais ?

– Non. C'était un hasard. Tu es passée devant moi sans me voir. Tu avais l'air si triste…

– T'occupe pas de ça, Cip. Tu n'as pas répondu à ma question. Qu'est-ce que tu fais de tes journées ?

– Je n'aime rien de ce qu'on vit ici, Vera. Jamais on n'aurait dû partir. On le sait tous. La seule chose qui m'intéresse, c'est ce que je fais l'après-midi. Un jour, je te dirai. Pas maintenant.

Et je me suis recroquevillé sur ma couverture, les poings serrés contre mon crâne. La voix de Karoly résonnait toujours. *Si je n'ai rien dans deux jours, je fous le feu à ta cabane de merde et je m'occupe de ta sœur.*

27

Deux jours. J'avais deux jours… Quatre cents *zorros*!
J'ai pris des risques fous pour récupérer le plus d'argent
possible dès le matin, mais la tête que j'avais ne facilitait
pas les choses. Une vraie gueule de babouin! Pendant la
nuit, ma joue était devenue violette et avait triplé de
volume, au point que j'avais l'œil gauche presque fermé.
Je ne passais pas inaperçu.

Sous mon crâne, les hurlements de mon oreille se
mêlaient d'élancements vertigineux. La douleur était
insupportable: une pointe d'acier enfoncée dans mon
tympan. Qui allait et venait en permanence. Sans une
seconde de répit. De temps à autre, je m'arrêtais et pressais
ma tête entre mes mains. Alors seulement le vacarme de
mon crâne se calmait un peu.

J'étais dans le coin de Saint-Lazare lorsque j'ai soudain
eu la sensation qu'on me suivait. Dragoï! Karoly l'avait
peut-être lancé à mes trousses pour m'espionner. Je me
suis mis à courir en me faufilant entre les passants, à tourner dans les petites rues dès que j'en apercevais une. Le

cœur battant, je me suis terré dans le recoin d'une porte, à guetter l'angle de la rue… Personne d'autre que les passants. Pas trace de Dragoï. J'avais tout imaginé ? La douleur a ressurgi d'un coup, je me suis affalé dans l'angle de la porte, les mains plaquées sur les oreilles. Quand je me suis relevé, ma décision était prise. Karoly pouvait bien me menacer des pires choses, pour rien au monde je n'aurais manqué mon rendez-vous de l'après-midi avec madame Baleine. D'autant que j'avais une petite idée de l'endroit où je pouvais trouver l'argent.

Je suis arrivé devant le café bien avant l'heure et me suis planté devant la devanture en attendant madame Baleine. Une minute plus tard, le patron est sorti, accompagné du serveur qui, la veille, nous avait apporté le rhum et le chocolat.

– Dégage ! a-t-il aboyé. Tu fais fuir les clients.

– Mais je hier là avec la grosse dame.

– La grosse dame ! Quelle grosse dame ?

– Madame Baleine.

– Fous-moi le camp !

Il m'a empoigné par les épaules pour m'obliger à traverser la rue au moment où madame Baleine arrivait, accompagnée d'un type immense et maigre comme un fil de fer.

– Drôle de façon d'accueillir les clients, a-t-elle grondé.

Avec sa voix rocailleuse et sa dégaine de lutteuse, elle me faisait penser à Găman. Le patron du café s'est tassé sur lui-même.

– Mais je ne pouvais pas deviner que...

Elle a jeté un coup d'œil intrigué à mes coquards.

– Que, malgré sa tête épouvantable, ce jeune homme était l'un de mes amis ?... Un rhum, un chocolat chaud, et pour toi ? a-t-elle ajouté en se tournant vers Fil-de-fer.

– Café, a-t-il répondu, sans détacher les yeux de ma joue violacée.

On s'est installés à une table tout au fond, dans un coin où il n'y avait personne.

– Bon. Et maintenant raconte, a demandé madame Baleine en pointant ma joue. Qu'est-ce qui t'est arrivé ? On t'a frappé ? Tu t'es battu ? T'as raté une marche ?...

– Rien, rien. Ça, rien. Pas grave.

– C'est ça ! Pas grave. Et moi je suis Miss Monde, peut-être. Jamais vu quelqu'un d'aussi amoché. Qui a bien pu te cogner comme ça ? Ton père ?... a-t-elle demandé en baissant la voix. Il ne veut pas que tu viennes ici ? C'est ça ? Papa ? Cogné ? a-t-elle résumé.

J'ai secoué la tête.

– Non. Pas Daddu. Lui se bat avec ours. Pas enfants. Jamais.

Elle a écarquillé les yeux.

– Avec les ours ! Rien que ça ! Qu'est-ce que c'est que ces salades !

– Pas salades. Vérité. Ours. Găman. Grand, gros. Daddu contre lui. Toujours gagner.

Elle s'est tournée vers Fil-de-fer.

– Tu vois que je ne t'ai pas menti. Ce garçon est plein

de ressources. C'est de famille. Son père se bat contre les ours.

– Vérité, madame. Vérité.

– Et le pire, c'est que je ne suis pas loin de te croire. Ciprian.

D'un geste, elle a désigné Fil-de-fer.

– Ciprian, je te présente José. Il est prof de maths, enseigne des trucs auxquels personne ne comprend rien, et accessoirement, il est une sorte de champion d'échecs, responsable de la formation des jeunes joueurs. José, voici Ciprian. Je ne sais pas qui il est, mais je pense ne pas me tromper en disant que c'est un garçon intéressant.

Je ne comprenais rien à son baratin. José m'a adressé un microsourire et j'ai décidé que je continuerais à l'appeler Fil-de-fer.

Madame Baleine a chaussé de minuscules lunettes et s'est approchée pour observer ma joue et mon oreille.

– La vache ! Il t'a arrangé, le type qui t'a fait ça. Une oreille qui saigne, c'est pas bon, ça ! Faudrait l'emmener aux urgences. T'en penses quoi, José ?... Hôpital ? a-t-elle répété en me regardant.

J'ai secoué la tête.

– Pas hôpital. Rien... Jeu seulement. *Lèzéchek*.

– Jeu seulement... Après tout, tu as peut-être raison. C'est un bon remède.

28

José Fil-de-fer était beaucoup moins bavard que madame Baleine. Il a sorti un *léchikier* de son sac et s'est contorsionné pour loger ses grandes jambes d'araignée sous la table. Ne pas oublier : la case blanche en bas, à droite.

On a enchaîné trois parties pendant lesquelles les alarmes de mon oreille se sont mises en sourdine. Présentes, mais discrètes.

Parfois, je retrouvais les mêmes situations qu'entre monsieur Énorme et madame Baleine. Les mêmes pièces, aux mêmes places. Je me souvenais alors de ce qu'avait fait le gagnant et je jouais comme lui. José Fil-de-fer me jetait des coups d'œil par en dessous et déplaçait ses pièces du bout de ses doigts fins comme des aiguilles. Malgré tous mes efforts, à chaque fois, c'est lui qui a fini par dire « *tchèquématte* ».

– Pas mal, a-t-il fait. Tu es doué. Plus que ça, même… Martha me dit que tu peux te souvenir de toute une partie… Tu comprends ce que je dis ?

C'est comme ça que j'ai appris que madame Baleine s'appelait Martha.

– Oui, je comprends, et oui, je souviens. Tout là, ai-je fait en pointant un doigt vers ma tête.

– Tu peux me montrer ?… La première partie qu'on a jouée, par exemple.

J'ai replacé les pièces sur le *léchikier* et commencé à jouer. Moi contre moi. Ça venait tout seul dans ma tête. Comme les images d'un film. Une fois les blancs, une fois les noirs. Le cheval blanc ici, la tour noire là, ce pion sur cette case… Quand je jouais, la douleur s'éloignait sur la pointe des pieds.

Fil-de-fer ne me quittait pas des yeux.

– Merde ! Ce gamin est incroyable, a-t-il lâché au bout d'un moment.

Madame Baleine sirotait son verre de rhum, les yeux rivés au *léchikier*.

– Je te l'avais dit.

Une femme s'est approchée de notre table.

– Salut Louise, a lancé madame Baleine. Voilà Ciprian, dont je t'ai parlé hier. Fais pas attention à sa tête. En temps normal, il est nettement plus joli. Aucun problème non plus côté matière grise. Son petit souci ne lui a pas trop amoché les neurones et tout m'a l'air solidement en place. Son problème, c'est l'école. Si j'ai bien compris, il n'y a jamais mis les pieds, et ça, c'est un vrai gâchis. Si tu veux mon avis, c'est le genre de mouflet à apprendre à lire en trois jours. Mais je te laisse juge, c'est ton domaine.

Louise m'a adressé un sourire et son regard s'est planté dans le mien. Elle avait les yeux du même gris que le ciel quand il va neiger. Je suis immédiatement tombé amoureux.

— Qu'est-ce qui t'est arrivé ?

— Rien pas grave rien, madame.

Les doigts de madame Beaux-Yeux ont couru sur ma joue tuméfiée, j'ai fermé les yeux pour mieux sentir son parfum et j'ai su que je m'en souviendrais jusqu'au jour de ma mort.

29

Lorsqu'on est ressortis du café, l'air était si doux que ça m'a rappelé la dernière fois que j'avais cueilli des asperges sauvages avec Mammada, là-bas, chez nous. Je revoyais son visage plissé de rides, j'entendais les grognements de Găman qui fouillait la terre à la recherche des racines. Le sifflement de mon oreille est soudain devenu suraigu, j'ai senti que je perdais l'équilibre, comme si je m'évanouissais.

Madame Baleine m'a rattrapé avant que je m'écroule sur le trottoir. J'ai rouvert les yeux.

— Hé! Ciprian! Ça va?

— Oui… Je vas. Pas souci. Pas grave.

— Cette fois, pas de discussion! Je t'emmène à l'hôpital.

— Non, pas hôpital!

Il fallait que je règle mon histoire avec Dragoï et Karoly. Que je trouve l'argent. Quatre cents *zorros*! Juste de l'autre côté de la rue, les grilles du *Lusquenbour* étaient encore ouvertes.

J'ai échappé aux mains de madame Baleine, me suis
faufilé entre les voitures sans prendre garde aux coups de
klaxon et me suis engouffré dans le jardin. L'allée des
joueurs. Avec un peu de chance…

Je l'ai tout de suite aperçu. Monsieur Énorme. Il regardait jouer un grand type à la mâchoire carrée, coiffé d'un
chapeau de cow-boy. Un petit attroupement s'était formé
autour de lui. Je me suis glissé entre les spectateurs. Tous
avaient les yeux rivés sur le cow-boy qui passait de table
en table. À lui seul, il jouait contre sept personnes. À toute
allure. Il regardait le jeu, et presque immédiatement déplaçait une pièce. Parfois, il disait *« tchèquématte »* au bout
d'une dizaine de coups à peine. Parfois un peu plus. Mais
une chose était sûre : il gagnait toujours. Il serrait alors la
main de son adversaire et levait le pouce pour signifier
que, même s'il l'avait ratatiné, le type avait bien joué.

Je serais bien resté à regarder l'homme-qui-gagne-
toujours, mais j'avais plus urgent à faire. Une chose que
je ne pouvais pas éviter malgré ce que je m'étais promis.
Si je n'ai pas tout dans deux jours… avait menacé Karoly.

Je me suis glissé derrière le dos de monsieur Énorme.
Personne ne faisait attention à moi Ils étaient tous tellement absorbés par le jeu du cow-boy que rien d'autre
n'existait. Comme d'habitude, le portefeuille de monsieur
Énorme dépassait à moitié de sa poche. J'avais été à bonne
école. J'ai opéré en douceur et il n'a rien senti. Pas plus
que son voisin dont le porte-monnaie, bien visible au
fond d'une poche béante, était presque un cadeau.

Les sifflets des gardiens ont résonné, le jardin allait fermer. Il fallait faire vite. À l'abri d'un buisson, j'ai délesté le portefeuille des billets qui s'y trouvaient. Quarante *zorros*. J'avais espéré plus, mais c'était mieux que rien. J'y ai ajouté la poignée de pièces qui traînaient dans le porte-monnaie de l'autre.

Les spectateurs et les joueurs quittaient l'allée. Monsieur Énorme ne s'était aperçu de rien et avançait en se dandinant, gêné par ses grosses cuisses. Accroupi derrière mon buisson, j'ai attendu qu'il passe à ma portée pour jeter son portefeuille à ses pieds.

– Pardon ! ai-je crié avant de détaler à toute allure. Pardon ! Pas possible autrement !

Je ne me suis retourné qu'à la grille du jardin. Personne n'avait tenté de me courser, et monsieur Énorme regardait son portefeuille d'un air ébahi, comme s'il venait de tomber du ciel.

J'ai filé jusqu'au coin de la rue et me suis retourné juste à temps pour voir un des gardes en képi lui adresser un salut. Comme s'il était quelqu'un d'important.

Avec ce que j'avais « gagné » le matin, j'avais presque soixante-dix *zorros* en poche. Une bonne journée, mais j'étais loin de pouvoir rembourser les quatre cents qu'exigeait Karoly.

Si je n'ai pas tout dans deux jours...

Il ne me restait qu'une journée.

Il faisait nuit noire lorsque je suis arrivé dans la Zone. Un rat a détalé à mon approche. Les feux de palettes jetaient des éclats orangés, l'odeur des ordures se mêlait à celle des saucisses qui grillaient sur les braseros. Le brouhaha habituel du campement se superposait aux sifflements de mon oreille. Des femmes attendaient devant le robinet d'eau.

J'ai levé la bâche qui nous servait de porte. Quelque chose clochait... Vera n'était pas là.

30

– Tu ne l'as pas vue ? m'a aussitôt demandé Daddu.

J'ai secoué la tête.

Elle était revenue en fin d'après-midi avec le bébé de Zelinga, était partie chercher de l'eau au robinet à la nuit tombante. Depuis, personne ne l'avait revue. Mon ventre s'est contracté, le sang battait à mes tempes, les sifflements de mon oreille se sont amplifiés jusqu'à devenir insupportables. La pointe de fer me vrillait de nouveau le cerveau.

Et je m'occupe de ta sœur... avait menacé Karoly.

Deux jours, Karoly, ai-je murmuré. Salaud ! T'avais dit deux jours... Il reste encore demain.

M'man se tordait les mains. Dimetriu faisait craquer ses doigts un à un, comme pour se les arracher. Debout devant le cabanon, Daddu fumait cigarette sur cigarette, Razvan l'avait rejoint et tous deux scrutaient la pénombre.

– J'y vais, a fini par lancer Dimetriu.

Il a disparu dans la nuit en quelques pas. Personne n'aurait pu dire où il allait. Pas même lui.

J'ai fait le tour des voisins les plus proches, traîné entre les cabanes. Personne n'avait vu Vera. La boule compacte de la peur m'étouffait. Je fouillais les moindres recoins d'obscurité. Je savais exactement ce que je ne voulais pas trouver : le foulard rouge de Vera. Du même rouge que celui de la fille de Mitrovesça que personne n'avait jamais revue.

Je me suis peu à peu éloigné. La Zone avait ses quartiers et ses frontières invisibles. Mieux valait ne pas traîner en dehors de son territoire ; aucun adulte ne se serait aventuré ici sans de solides raisons. J'étais un intrus et seule ma taille me permettait de m'y risquer. Les chiens aboyaient à mon passage et les gens me jetaient des regards par en dessous. Par les fentes des cabanons, je devinais l'écran tremblotant des télés branchées sur des antennes de fortune. Je demandais à ceux que je rencontrais s'ils n'avaient pas aperçu Vera. La plupart se contentaient de hausser les épaules. D'autres faisaient semblant de ne pas comprendre. Ou de ne pas avoir entendu. Chacun pour soi. Ma description correspondait à la moitié des filles de la Zone, et il fallait plus qu'une Vera disparue au cœur de la nuit pour se bouger.

Je me suis retrouvé près des immeubles abandonnés. Une frontière que personne n'osait franchir. Au-delà, c'était le no man's land, le coin des dealers et des trafics en tout genre. Dans les caves, disait-on. Des choses dont personne ne parlait. Aucune femme ne s'y serait risquée. Ni même aucun homme. C'est de là que Karoly et Dragoï avaient surgi lorsqu'ils m'avaient fracassé l'oreille...

C'est alors qu'au loin j'ai entendu m'man crier.

31

Vera était revenue.

Hagarde, échevelée, couverte de boue. Hors d'haleine. Elle avait perdu son foulard rouge. Serrée sans un mot contre m'man, elle ne pleurait pas. Ne disait rien, ne gémissait même pas. Elle frissonnait comme si l'étrange douceur de ces premiers jours de printemps la glaçait jusqu'aux os. M'man avait fait un de ces feux dont elle avait le secret, pétillant et rassurant. Les flammes crépitaient sans parvenir à effacer la nuit. M'man caressait les cheveux de Vera qui se nichait contre elle comme une bête apeurée. M'man lui chantonnait une berceuse de quand on était petits.

Am pierdut o batistuță
Cine a găsit-o,
Eu îl rog ca să mi-o dea
Și-l sărut îndată.

J'ai perdu mon mouchoir.
Qui l'a retrouvé?…
Mon oreille gauche sifflait par intermittence. Et quand

je la tournais vers m'man, il me semblait que sa voix venait d'infiniment loin. Les poings serrés, Daddu fixait le vide, droit devant lui. On attendait que Vera se décide à parler.

Dimetriu n'est revenu que tard, au cœur de la nuit. Un peu éméché. Les yeux rougis, il nous a regardés, Vera toujours blottie contre m'man, Daddu, le regard lointain, et moi qui somnolais par intervalles.

Alors, comme si elle n'attendait que le retour de Dimetriu, Vera a commencé à raconter, la voix frémissante. Je me suis approché.

– J'étais partie chercher de l'eau. Au robinet des immeubles. La nuit tombait. C'est là que c'est arrivé. Je ne l'ai pas vu. Il a jailli de l'obscurité...

– Qui ça ? a demandé Daddu. Qui ?

Vera palpitait. Le nom refusait de sortir de sa bouche.

– Karoly ?... ai-je soufflé.

Elle a hoché la tête. Daddu a poussé un grondement de fauve.

– Il était dans l'ombre, il souriait, me disait d'approcher. De ne pas avoir peur... J'étais comme paralysée. Autour de nous, il n'y avait personne. Je ne voyais que ses yeux, ses dents, ses lèvres, comme un loup...

Nouveau silence. C'était le cœur de la nuit, le seul moment où la Zone était un peu calme. On n'entendait que les voitures au loin, sur l'autoroute, quelques voix isolées, un bébé qui pleurnichait...

– Lui, il souriait toujours. J'ai tout de suite compris

ce… ce qu'il cherchait. Ça se voyait dans ses yeux. Alors je me suis mise à courir. Droit devant moi, sans réfléchir. Il m'a poursuivie. Je l'entendais. Tout près. Il courait vite. Bien plus vite que moi, sans bruit. Comme une bête. Il m'a rattrapée en quelques pas. Et quand je suis tombée, il a plongé sur moi. M'a écrasée de tout son poids. Il m'emprisonnait les deux bras d'une seule main. Je sentais son souffle sur mon cou… Sur mes lèvres. Son autre main me touchait partout. Ses doigts… Comme des araignées sur ma peau. Je me suis débattue. J'ai hurlé…

Vera s'arrête. Hors d'haleine. Elle grelotte. M'man lui caresse toujours les cheveux. Dimetriu rajoute un bout de planche dans le feu.

— Et ensuite, murmure Daddu.

— Il a plaqué sa main sur ma bouche et je l'ai mordu. J'ai senti mes dents entrer dans sa chair. Le goût de son sang… Il a crié et m'a flanqué une paire de claques pour m'obliger à lâcher prise. Ma tête a cogné sur le trottoir. J'ai réussi à me relever. Et pendant qu'il s'occupait de sa main, j'ai couru, couru… Sans savoir où. Tout ce que je voulais, c'était lui échapper. Y avait une porte défoncée. Je me suis engouffrée à l'intérieur. Et puis un couloir. Je voyais rien. Un escalier. Encore un autre. Et peut-être encore un… Je ne sais plus. Et puis une autre porte à demi arrachée. Je me suis terrée derrière. Je retenais mon souffle. Lui, il était sur mes talons. Sa torche éclairait le couloir, les escaliers… *Tu vas le regretter, petite ordure. Y a pas d'issue ici. T'es prise au piège…*

La voix de Vera n'est qu'un filet quand elle imite celle de Karoly. Elle halète comme s'il la poursuivait toujours.

— *Draguta mea*, murmure m'man. Ma belle…

Daddu broie ses mains l'une contre l'autre comme pour écraser la nuit. À la lueur de l'ampoule, je devine ses muscles, ses tatouages…

— La lumière de sa torche m'a effleurée, reprend Vera. Il était tout près… J'ai retenu ma respiration. Il hurlait comme un fou, m'ordonnait de sortir, de me montrer.

Elle parle si bas maintenant que je dois me pencher vers elle, tendre mon oreille droite. L'autre n'entend plus que des sifflements qui me perforent le crâne, parfois si violents que j'en perds l'équilibre. Je dois alors presser mon poing de toutes mes forces contre mes tempes pour les faire taire.

— Il a fini par redescendre. Les escaliers crissaient sous ses semelles. *Je te retrouverai, petite salope. Je te retrouverai, t'inquiète pas… Je sais où tu niches.* Et puis je n'ai plus rien entendu. Je suis restée là-bas je ne sais combien de temps. Sans oser bouger, à peine respirer. À me dire qu'il était peut-être là, tapi dans l'obscurité. À me guetter…

Vera se tait. Toujours blottie contre m'man, elle ferme les yeux et s'endort d'un coup. Exténuée d'en avoir tant dit.

M'man la porte comme un bébé et l'étend sur le vieux sommier qui grince. Le silence est plein de bruits. La voix de m'man qui chantonne à l'oreille de Vera. Dimetriu qui fait craquer ses doigts. Clac ! Clac ! Clac ! Le souffle de taureau de Daddu. Les ombres des flammes se perdent dans l'obscurité.

Dehors, toujours, le grondement des voitures, les pleurs du bébé.

Je serre mes genoux entre mes bras.

C'est moi qui ai déclenché tout ça. Moi seul, avec ces bêtises de *lèzéchek*. Tout est de ma faute. Sans cela, j'aurais continué à gagner de l'argent que j'aurais donné chaque soir à Karoly. Les choses seraient restées comme elles étaient. Rien n'aurait changé.

Pendant un moment, je me demande si madame Baleine et monsieur Énorme ont aussi leur part de responsabilité dans ce qui vient d'arriver. Mais non. Je suis le seul coupable. Moi et *lèzéchek*.

Faut pas que je retourne voir madame Baleine.

Ni Fil-de-fer.

Ni même madame Beaux-Yeux. Jamais.

Je m'en fais la promesse. Je sens mes yeux se mouiller.

J'ai dû m'écrouler de sommeil. Pas très longtemps, parce que, lorsque j'ai rouvert les yeux, il faisait encore nuit. Vera dormait dans les bras de m'man qui s'était étendue auprès d'elle, Dimetriu ronflait, et le feu n'était qu'un tas de braises rouges. Quelqu'un fourrageait silencieusement dans l'obscurité. J'ai entraperçu Daddu, il cherchait quelque chose dans son sac. Et quand il est sorti, il m'a semblé qu'il tenait son couteau en main. Je l'ai entendu échanger quelques mots à voix basse. Avec Razvan ?... Sans doute. J'ai cru reconnaître sa voix.

32

Encore aujourd'hui, quand j'y repense, je ne saurais pas dire ce que j'ai vu ou pas cette nuit-là dans la main de Daddu. Je ne suis certain de rien. Je ne sais pas non plus ce que j'ai entendu ou pas. Mon oreille sifflait, tous les bruits se brouillaient. J'étais dans un demi-sommeil, bouleversé par ce qui venait d'arriver, assommé par ma décision de ne plus revoir madame Baleine et de ne plus jamais m'occuper de *lèzéchek*. Alors, Daddu avait-il ou non son couteau lorsqu'il s'est glissé dehors ? Je ne sais pas...

Peut-être ai-je tout inventé.

Ma seule certitude, c'est qu'il est sorti bien avant l'aube. Quand est-il rentré ? Je n'en sais rien. Abruti de sommeil, je n'ai rien vu, rien entendu.

Ce que je sais aussi, c'est qu'à un moment, alors qu'il faisait encore nuit noire, les chiens se sont mis à aboyer tous ensemble, comme s'ils avaient flairé quelque chose d'inhabituel. Un vacarme épouvantable. Mais ça ne veut rien dire. Dans la Zone, des choses inhabituelles, il en arrivait toutes les nuits. Et toutes les nuits, à un moment ou à un autre, les chiens hurlaient. Il suffisait d'un rat. Le premier qui braillait en réveillait un autre, qui en réveillait un autre… De proche en proche, tous les bâtards du coin donnaient de la voix. Les hommes leur flanquaient alors des coups de pied dans les flancs, les chiens s'enfuyaient en piaulant et tout rentrait dans l'ordre. Personne ne se souciait de savoir pourquoi les chiens s'étaient soudain mis à aboyer.

C'est exactement ce qui s'est passé cette nuit-là. Les chiens ont fini par se taire, et personne ne s'est plus occupé de rien.

Comme d'habitude

Sauf qu'à l'aube, dans le jour gris qui se levait, la rumeur de la Zone ne ressemblait en rien à la rumeur ordinaire. Ça a commencé par des cris. Les cris des femmes qui, chaque matin, allaient remplir leurs bidons d'eau. Le bruit a enflé, comme le vent à travers les sapins. Des exclamations, des appels, des éclats de voix… D'une ruelle à l'autre, d'un cabanon à l'autre… Des gens couraient, d'autres s'interpellaient.

Daddu s'est éloigné dans le demi-jour, accompagné de Dimetriu. Ils allaient aux nouvelles. Debout sur le seuil, m'man tentait de comprendre ce qui se passait. Elle n'osait pas laisser Vera seule. Moi, je n'ai pas bougé. Je pressentais de drôles de choses.

La rumeur est enfin arrivée jusqu'à nous.

Là-bas, vers les immeubles, les femmes avaient trouvé

un corps. Un homme mort. Assassiné. Baignant dans son sang. La gorge béante.

Pas n'importe qui.

On murmurait à mi-voix le nom de la victime.

Karoly.

C'était lui, le mort. «On» lui avait tranché la gorge pendant la nuit. Quant à son «aide-comptable», Dragoï, personne ne l'avait revu, mais certains racontaient déjà que le même sort lui avait été réservé et que son cadavre traînait quelque part dans les caves des immeubles abandonnés.

Daddu et Dimetriu sont revenus.

– L'a eu ce qu'il méritait, a juste dit Daddu.

M'man et lui ont échangé un regard.

Vera dormait toujours.

33

Une autre rumeur a couru quelques minutes plus tard. *Poliție ! Poliție !...*

Dans le lointain, on entendait déjà un bruit qui enflait d'instant en instant. Les voitures et les cars de police ont déboulé toutes sirènes hurlantes. Les gyrophares éclaboussaient la grisaille. Casques, cagoules, boucliers, gilets pare-balles, matraques... Les policiers qui ont encerclé le campement ressemblaient à des robots, armés jusqu'aux dents. En une seconde, personne n'a plus eu le droit d'entrer ni de sortir de la Zone.

Dans un silence comme jamais on n'en avait connu, on s'est massés autour du corps de Karoly. Les policiers nous ont obligés à reculer. Je me suis faufilé au plus près, jusqu'à ce qu'ils me barrent le chemin. Des silhouettes en combinaison blanche se penchaient sur un corps étendu par terre que je distinguais à peine. L'un des hommes en blanc s'est déplacé et, l'espace d'un instant, j'ai entrevu Karoly. Sa tête faisait un drôle d'angle avec le reste de son corps. Ses yeux encore ouverts, écarquillés de stupeur, la moustache et les vêtements noirs de sang.

J'ai frissonné. C'était ça, être mort ? Baigner dans une mare de sang et de boue au pied d'un immeuble abandonné, la gorge ouverte ? À quelques pas de moi, cigarette aux lèvres, Daddu et Razvan regardaient, eux aussi.

Un avion nous a survolés dans le vacarme habituel des réacteurs et une voiture noire est arrivée, escortée de motards. Un homme en est descendu. Un important. Costume sombre, chemise blanche, cravate et chaussures cirées dans la bouillasse. Il a discuté un moment avec un policier en blouson de cuir qui a fini par venir vers nous tandis qu'Important restait en retrait, accroché à son téléphone. Il regardait ses chaussures d'un air désolé, ennuyé de les salir.

– Quelqu'un parle français ? a demandé Blouson-de-cuir.

Sa question a flotté dans l'air. Personne ne bougeait. L'avion suivant est passé au-dessus de nos têtes.

– Quelqu'un connaît la victime ?... Sait qui il est ?... Vous connaissez son nom ?...

Le vacarme des réacteurs s'est éloigné et le silence s'est épaissi. Le flic nous regardait tour à tour, il cherchait à capter un regard, mais les yeux se détournaient. Personne ne bougeait. Personne ne comprenait ce qu'il racontait. Personne ne faisait l'effort de comprendre. Personne n'avait envie de parler. Surtout pas à un flic. Et surtout pas devant les autres.

Personne non plus ne regrettait Karoly.

Blouson-de-cuir a laissé échapper un soupir. Il a désigné

le corps autour duquel s'affairaient toujours les silhouettes blanches.

– Ce n'est pas dans votre intérêt de protéger un assassin, vous savez, a-t-il repris.

«Assassin». Je venais d'apprendre un nouveau mot. Chez nous, ça se disait presque pareil : *« asasin »*.

Les gens se sont peu à peu éloignés. Blouson-de-cuir est resté seul en compagnie d'Important et du cadavre de Karoly.

De nouveaux policiers sont arrivés en renfort. Ils ont passé le reste de la journée à nous « contrôler ». Sauf qu'il n'y avait rien à contrôler. Personne n'avait de papiers et ceux qui en avaient se gardaient bien de les montrer. Personne n'était en règle. On pouvait donner n'importe quel nom, n'importe quel prénom, n'importe quel pays d'origine. Impossible à vérifier. De toute façon, on ne comprenait rien aux questions des flics, qui ne comprenaient rien à nos réponses. Les deux interprètes qui les accompagnaient semblaient débordés. La seule chose à laquelle il fallait faire attention, c'étaient nos âges. Vrai ou faux, le bruit courait que les policiers n'avaient pas le droit de renvoyer des mineurs hors de France. Mineur, ça voulait dire moins de dix-huit ans. Pour moi, pas de problème, ça se voyait. Pour Vera et Dimetriu, les choses étaient moins claires.

– Quinze, a dit Vera.

La policière l'a regardée. C'était plausible. Avec ses doigts, la fliquette a fait « quinze ». Vera a hoché la tête. Pour Dimetriu, ça a été plus difficile.

— Seize.

— Te fous pas de moi, tu veux ! a grogné le policier.

Il n'y croyait pas. Mais Dimetriu a tenu bon.

— Si. Seize. Vérité. Vérité… Je grand, mais seize.

C'était peut-être vrai. Ou peut-être pas. De toute façon, à un ou deux ans près, aucun de nous ne connaissait véritablement son âge.

Pendant ce temps, d'autres policiers fouillaient la Zone. Méthodiquement. Ils entraient dans les cabanons un à un. Recherchaient l'« arme du crime ». Un couteau avec une lame effilée, munie de barbillons faits pour déchirer les chairs. C'est ce qui se murmurait. Comment les policiers pouvaient-ils savoir à quoi ressemblait un couteau qu'aucun d'eux n'avait jamais vu ? Mystère. Ici, tout le monde savait que ça correspondait exactement à la description d'un couteau d'Ursari, de montreur d'ours. Et des familles d'Ursaris, il n'y en avait que deux, dans la Zone. Celle de Razvan, et la nôtre. Tout le monde le savait aussi. Mais les policiers français, eux, n'en savaient rien. Ils n'avaient aucune idée de ce qu'étaient les Ursaris, et personne ne leur en parlerait.

Pendant que les uns « contrôlaient » nos identités, d'autres fouillaient notre cabanon. J'ai senti mon cœur s'accélérer quand un grand flic a déniché le sac que Daddu avait enfoui sous le monceau de couvertures rapiécées que Karoly nous « louait ». Le flic a éclairé l'intérieur du sac avec sa torche, plongé la main dedans. Rien. Il était vide. Les yeux plissés dans la fumée de sa cigarette,

Daddu l'observait. Un policier a ensuite demandé à Daddu de poser ses doigts sur un tampon d'encre et de les appuyer un à un sur une feuille de papier.

Dans le milieu de l'après-midi, un autre bruit a couru. On disait que la main de la victime portait la trace d'une morsure si profonde qu'un morceau de chair avait été arraché. Les dents d'une jeune fille, paraît-il… Là encore, comment les flics pouvaient-ils le savoir ? Allaient-ils demander à toutes les filles de la Zone de les mordre pour comparer l'empreinte de leurs dents à la morsure de Karoly ?…

34

Une horde de gamins a soudain traversé le campement en hurlant : « Télé ! Télé ! »

Des camionnettes venaient de se garer le long des immeubles, derrière les cars de la police. Perchées sur de petites nacelles, des caméras filmaient la Zone tandis que des grappes d'enfants faisaient les pitres devant leurs objectifs.

Un bourdonnement sourd a envahi l'air. De plus en plus fort… Un hélicoptère a surgi de derrière les barres d'immeubles et s'est immobilisé quelques mètres au-dessus de nos têtes comme un gros insecte noir. Le battement de ses pales soulevait des nuées de sacs plastique, les bâches des cabanons claquaient comme un jour de tempête. En levant la tête, on distinguait deux hommes en train de nous filmer. Flics ou journalistes ? Impossible de savoir.

Dimetriu a lancé une pierre en direction de l'hélico.

– Dégage !

D'autres l'ont aussitôt imité. De toutes leurs forces, ils gueulaient aux deux hommes de foutre le camp, jetaient des pierres. L'hélico a juste pris un peu d'altitude, hors d'atteinte. Les pierres rebondissaient sur les tôles des toitures tandis que les autres continuaient à filmer. Dimetriu s'est déchaîné.

– On n'est pas des bêtes ! Z'avez pas le droit de nous filmer, pas le droit de nous survoler... Dégagez !

Les autres hurlaient avec lui comme des loups.

Les policiers sont arrivés au pas de charge, protégés par leurs boucliers et leurs casques. Ils se sont arrêtés à quelques mètres de ceux qui jetaient des pierres, leurs lance-grenades braqués sur eux. Premières explosions... Une fumée âcre nous a aussitôt pris à la gorge. Elle se glissait entre les cabanons, se faufilait comme un serpent. On toussait à en perdre haleine ; asphyxiés, aveuglés, les yeux noyés de larmes. Les policiers, eux, portaient des masques pour se protéger. Mais les cris ne cessaient pas, ni les jets de pierres, ni les coups de matraque. Des gens tombaient à terre. Les policiers les menottaient avant de les traîner dans des cars. Je ne voyais plus Dimetriu.

L'hélico filmait toujours. Il a fini par se cabrer, prendre de l'altitude et s'éloigner, jusqu'à n'être qu'un minuscule point noir à l'horizon. Malgré les cris et les explosions des grenades lacrymogènes, on a entendu longtemps le brassement sourd de ses pales.

Dans le vacarme assourdissant des sirènes, les cars de police se sont éloignés avec ceux qui venaient d'être arrêtés. Dimetriu a soudain surgi à quelques mètres des cars et s'est lancé à leur poursuite comme un fou, suivi par une horde déchaînée de jeunes de son âge qui hurlaient aux flics de relâcher leurs prisonniers. Les cailloux qu'ils lançaient claquaient contre les tôles.

Au moment où j'allais m'élancer à mon tour, la main de Daddu s'est abattue sur mon épaule.

– Te mêle pas de ça, Ciprian. Ça va mal finir.

Quelques instants plus tard, du côté des immeubles, on a entendu de nouveaux cris. Ils étaient je ne sais combien. Une cinquantaine, peut-être plus. Des jeunes. Au premier rang, Dimetriu. Le plus enragé à caillasser les cars, ceux des flics comme ceux des télés. Il n'a fallu qu'un instant aux policiers pour le neutraliser.

De loin, je l'ai aperçu, les poignets menottés derrière le dos et encadré par deux policiers qui le traînaient de force vers un car. Les caméras l'avaient filmé. Tout le monde l'avait vu lancer la première pierre contre l'hélico, et quelques minutes plus tard contre les cars de police.

– Dimetriu! Dimetriu! ai-je hurlé en me libérant de la poigne de mon père.

Les portes du car de police se sont refermées. J'ai eu le temps de l'apercevoir au travers des vitres grillagées, et je me suis penché pour vomir, secoué de frissons. Les sifflements de mon oreille gauche me transperçaient le crâne. Impossible de les faire taire, même en écrasant mes tempes entre mes poings.

Les yeux brillants de larmes, m'man ne bougeait pas. Aussi loin que remontaient mes souvenirs, jamais je ne l'avais vue pleurer. Vera, elle, gardait les yeux secs. Bien droite au côté de Daddu, elle regardait cette agitation comme si rien de tout cela ne la concernait.

La nuit est tombée. On restait sans nouvelles de Dimetriu. Les flashes des gyrophares zébraient l'obscurité. La Zone était sous haute surveillance. Casqués et habillés de leurs gilets pare-balles, les policiers patrouillaient. Leurs radios grésillaient et, de temps à autre, le glapissement aigu d'une sirène s'éteignait dans le lointain.

35

Personne n'a dormi cette nuit-là. Pelotonné sous ma couverture, je revoyais Dimetriu menotté, traîné comme un sac. Je repensais à son visage, derrière les vitres grillagées du fourgon. Qu'allait-il lui arriver ? Se pouvait-il vraiment que les petites pièces de bois de *lèzéchek* soient responsables de tant de catastrophes ?

Au matin, des dizaines de cars se sont alignés le long des immeubles abandonnés. Ni des cars de flics ni ceux de la télé. Juste de drôles de cars blancs dont les fenêtres étaient recouvertes d'un film noir. Des renforts de police ont pris place devant la Zone, et des haut-parleurs se sont soudain mis à beugler :

— Pour des raisons sanitaires, l'évacuation du camp a été décidée par la préfecture. Des équipes spécialisées vont vous prendre en charge. N'emportez que vos affaires personnelles. Rien de superflu. Vous n'avez rien à craindre, tout le monde sera relogé ce soir dans des conditions décentes !

Quel charabia ! Personne ne savait ce que voulaient dire « évacuation du camp », « équipes spécialisées » ou « conditions décentes », et les interprètes avaient disparu.

On n'a compris ce qui se passait qu'au bout de quelques minutes, quand les policiers ont pénétré dans les premiers cabanons. Famille par famille, ils ordonnaient aux gens de rassembler leurs affaires, de les entasser dans des sacs et d'abandonner ce qu'ils ne pouvaient pas emporter. Les familles rejoignaient ensuite sous escorte les cars dont les moteurs tournaient toujours. Des bulldozers ont surgi. Des engins énormes dont les phares jaunes perçaient le matin comme des yeux monstrueux.

Dès qu'un cabanon était vidé de ses habitants, un bull le rasait aussi facilement qu'on souffle sur une plume. Dans des craquements de planches et des froissements de tôle, les pelleteuses entassaient ensuite les gravats dans des camions. Derrière elles, la Zone était décapée comme un désert.

Hébétés, on regardait nos abris disparaître. Quelques secondes suffisaient pour qu'il ne reste rien de ce qui avait existé un instant plus tôt. Des hommes et des femmes en combinaison blanche, la bouche et le nez couverts par un masque comme si on avait la peste, menaient les familles dans les cars aux vitres noires. Peut-être pour que personne ne nous voie. Peut-être pour qu'on ne sache pas où l'on nous emmenait. Ou les deux à la fois. Tous les suivaient sans protester, l'air égaré, abasourdis par ce qui arrivait et poursuivis par le grondement des engins qui écrabouillaient les cabanes une à une.

À la va-vite, m'man a entassé nos affaires dans des sacs. Des casseroles cabossées, nos quelques vêtements... Les couvertures surtout. Celles que Karoly nous avait louées le soir de notre arrivée et qui, maintenant, étaient à nous. Tout ce qu'on avait tenait dans deux sacs.

La seule chose que je n'ai vue nulle part, c'est le couteau de Daddu. Je n'ai rien osé dire, mais je savais que jamais il ne s'en serait séparé.

Les flics sont arrivés et les gens en combinaison blanche nous ont ordonné de les suivre. On n'avait pas fait vingt pas qu'un bull s'attaquait déjà à notre cabanon. Il l'a aplati d'un seul coup de lame, comme un jouet. Il n'en est resté qu'une bouillie de planches, de tôles et de bâches. Seul dépassait, bizarrement dressé vers le ciel, le sommier que Dimetriu avait « emprunté » le jour de notre arrivée.

Les hommes en blanc nous ont guidés jusqu'aux cars, encadrés par un cordon de policiers qui nous empêchaient de filer ailleurs. De l'autre côté du cordon, refoulés à coups de crosse par les flics, des gens braillaient des trucs qu'on ne comprenait pas. Des Français. À leur ton, on devinait qu'ils étaient en colère. Certains brandissaient des pancartes, d'autres tentaient de discuter avec les policiers.

Au moment où je grimpais dans le car, il y a eu une bousculade plus vive, tout à côté de moi.

– Ciprian ! a soudain hurlé une voix, Ciprian ! C'est pour toi. Prends ! Prends !

Madame Baleine ! De tout son poids, elle fendait les rangs des policiers et se débattait contre ceux qui tentaient de la repousser. Mais il fallait plus que deux ou trois hommes pour stopper l'élan d'une Baleine lancée à pleine puissance. Son bras s'est tendu vers moi. Elle tenait à la main une petite boîte.

– Prends donc, bourrique ! a-t-elle braillé pendant que des policiers tentaient de la faire reculer.

Ses doigts ont effleuré les miens. J'ai attrapé au vol la petite boîte tandis qu'elle bataillait comme une furie.

– Bas les pattes ! glapissait-elle. Foutez-moi la paix !... J'ai droit à votre respect, vous entendez, bande de couilles molles ! Votre respect !

J'ai enfoui la boîte sous mon tee-shirt tandis que quatre policiers unissaient leurs efforts pour l'obliger à reculer.

– Oublie pas, Ciprian ! a-t-elle encore hurlé. Le Luxembourg ! Le Luxembourg ! Je t'attends.

On nous a poussés dans le car, tout au fond, avec nos sacs et des gens qu'on n'avait jamais vus. Je me suis écrasé le nez à la fenêtre pour tenter d'apercevoir madame Baleine, mais les vitres noires nous coupaient du monde.

Aucun flic ni aucun homme en blanc n'avait l'air de s'intéresser à la petite boîte de madame Baleine. Je l'ai ouverte : c'était un minuscule jeu de *lèzéchek*. Un jeu que je pouvais glisser dans une poche et emporter partout avec moi.

Daddu, m'man et Vera nous regardaient alternativement, le jeu et moi.

– C'est à ça que tu réfléchis toute la journée ? a finalement demandé Daddu.

J'ai fait oui de la tête.

– Mais explique un peu, Cip! C'est quoi, ce truc? a demandé Vera.

– Un jeu de *lèzéchek*.

– *Lèzéchek*... C'est ça, ton secret?

De nouveau, j'ai hoché la tête.

Vera a souri pour la première fois depuis ce qui s'était passé avec Karoly. Elle avait l'air plutôt déçue.

– Toutes ces histoires rien que pour un tout petit secret en plastique!

Le car a démarré. Daddu a soupiré, il s'est roulé une cigarette et l'a allumée.

Une fille en blouse blanche s'est glissée jusqu'à nous.

– Non, monsieur. C'est interdit de fumer dans le car.

Daddu l'a regardée sans comprendre.

Du doigt, elle montrait un panneau avec une cigarette barrée de rouge. Daddu a haussé les épaules et a écrabouillé la braise de sa cigarette sur le siège, sous les yeux horrifiés de la fille.

Le car roulait, on ne disait rien. On ne savait pas où l'on nous emmenait. Comment Dimetriu allait-il nous retrouver?

Les cases du minuscule jeu de madame Baleine étaient aimantées, les pièces restaient en place malgré les cahots de la route. La case blanche en bas, à droite. J'ai commencé à installer les pièces, le roi, la reine, les cavaliers, les pions...

Daddu faisait rouler dans ses doigts le mégot qu'il avait écrasé sur le siège et me regardait en silence.

– Et la grosse ? a-t-il demandé lorsque j'ai placé la dernière pièce. C'est qui ?

– *Doamnă Balenă*. Madame Baleine.

Cette fois, Vera a éclaté de rire.

– C'est de famille, a souri Daddu. On a toujours été spécialistes des gros animaux. Jusqu'à présent, c'étaient les ours. Maintenant, c'est les baleines.

Il s'est fourré son mégot au coin des lèvres et l'a allumé.

– Monsieur, s'il vous plaît, a soupiré la fille en blouse blanche.

Daddu s'est levé, il a arraché le panneau avec la cigarette barrée et a souri à la fille de toutes ses dents noirâtres.

– Possible maintenant fumer. Non ?

Ses premiers mots de français.

36

Le car s'est arrêté.

– On est arrivés, a annoncé la fille en blanc, sans se soucier de savoir si on comprenait le moindre mot de ce qu'elle racontait. Vous allez être relogés ici.

Et les portes se sont ouvertes sur la façade lépreuse du Modern'hôtel. Éblouis par la lumière du jour, on clignait des yeux en regardant les lézardes des murs, l'enseigne qui pendouillait au bout d'un câble électrique et les vitres réparées avec du scotch. Du linge pendait aux fenêtres et, sur le seuil, un homme en maillot de corps nous regardait, une bouteille de bière à la main.

Une rafale de vent a soulevé un nuage de poussière. Le Modern'hôtel était planté au milieu de hangars déglingués et d'entrepôts qui semblaient déserts. Juste derrière, d'énormes bras mécaniques brassaient en permanence des cuves pleines d'eau et d'une mousse sale qui s'envolait en flocons grisâtres au moindre souffle. Une muraille de barbelés protégeait cette installation comme un trésor. Au loin, un enchevêtrement de voies ferrées et d'autoroutes grondait et, quelque part, un truc en ferraille grinçait en permanence. Un train est passé derrière les entrepôts en lançant un coup de trompe qui a aussitôt réveillé les sifflements de mes oreilles. Malgré la douleur, j'ai souri en apercevant la couleur des wagons qui défilaient. Bleu et rouge. Impossible de savoir où l'on était, mais si les *aireuhaires* passaient, c'est que Paris n'était pas si loin. Et, avec lui, le *Lusquenbour*.

Le cadeau de madame Baleine avait un peu ébranlé ma résolution de ne jamais y retourner.

– Entrez, a fait la fille avec un sourire aussi éclatant que sa combinaison. On va vous enregistrer.

L'homme à la bouteille de bière semblait aussi délabré que son hôtel. C'était le patron, et on n'avait pas la tête des clients dont il rêvait. Il nous a jeté un coup d'œil soupçonneux.

– Dis donc, ma chérie, a-t-il lancé à la fille en blanc, quand est-ce que tu cesseras de m'amener des romanichels pouilleux ? Je n'ai droit qu'aux rebuts. J'adorerais héberger un prince saoudien, avec sa suite et son harem.

Elle n'a pas répondu, occupée à trier les familles qui descendaient du car pour leur attribuer des chambres. Une par famille. L'hôtelier tendait les clés du bout des doigts, comme pour éviter tout contact avec nous. Entre chaque clé, il buvait une gorgée de bière, et sa pomme d'Adam faisait des allers et retours frénétiques.

– Famille Zidar, a annoncé la fille en jetant un regard noir à Daddu qui venait d'allumer une nouvelle cigarette. Chambre 21.

On a découvert notre royaume au deuxième étage. Une pièce aux murs marronnasses, un sommier de ferraille désarticulé et deux matelas pisseux posés à même le sol. Dans un angle, un lavabo fendu. Une plaque électrique pour la cuisine et une ampoule nue pour l'éclairage. De l'autre côté de la cloison, la radio du voisin braillait du rap.

Nous, on regardait, émerveillés. Jamais on n'avait dormi sous un vrai toit, dans une vraie chambre, à l'intérieur d'une vraie maison. Et encore moins à l'hôtel. Daddu s'est approché de l'évier, il a tourné le robinet. Les canalisations ont hoqueté et l'eau s'est mise à couler, pas vraiment chaude, mais pas franchement froide non plus. Le visage de Daddu s'est fendu d'un sourire radieux.

– L'eau courante, les enfants. On a l'eau courante !

Et de vraies toilettes au fond du couloir ! Elles puaient terriblement la pisse, la cuvette était noire de crasse et les murs couverts de graffitis, mais jamais on n'avait connu un luxe tel que celui du Modern'hôtel.

– Dommage que Dimetriu ne puisse pas voir ça !

– Il est peut-être en prison, a dit Vera. Dans ce cas, il doit aussi avoir des toilettes et un lavabo.

C'était une possibilité.

– Tais-toi ! a soufflé m'man.

Rien de tout cela ne l'intéressait. Elle regardait par la fenêtre. Le ciel. Les nuages qui défilaient…

On a profité du luxe du Modern'hôtel pendant deux nuits.

Au matin du troisième jour, la fille en blanc est revenue avec son car. De nouvelles familles en sont descendues, avec je ne sais combien de bébés qui braillaient et de petits morveux qui pleurnichaient. Les familles avec des enfants en bas âge avaient la priorité, et le Modern'hôtel n'avait plus de chambres disponibles. Il a fallu refaire nos sacs et s'entasser de nouveau dans le car.

– Tu emmènes nous autre hôtel ? a demandé Vera.

La fille a fait non de la tête sans oser la regarder. Dommage !

– Pas pour l'instant. Mais dès que quelque chose se libère…

Elle a eu une drôle de petite grimace et n'a pas terminé.

Daddu a allumé une cigarette sans que la fille ne dise rien. Le voyage n'a pas duré très longtemps. Le car s'est arrêté, les portes se sont ouvertes.

– C'est là, a fait la fille d'une voix à peine audible.

Avant de descendre, je me suis approché d'elle.

– Tu dis aussi où est Dimetriu, mon frère. Tu lui connais ? Dimetriu Zidar. Son nom.

– Non, a-t-elle fait après un moment d'hésitation. Non… Je ne le connais pas.

– Lui parti. Police. Prison, peut-être. Si tu lui vois, tu dis nous ici ? Prévenir, hein ?

On n'a jamais entendu sa réponse. Le car a démarré dans un nuage de gasoil en nous plantant là, et on est restés sur le trottoir avec nos sacs et nos couvertures. Un *aireuhaire* a sifflé au loin en réveillant la douleur de mon oreille. Personne ne savait où on était.

Où aller ? À côté de nous, les cinq autres familles expulsées du Modern'hôtel se posaient la même question.

L'un des hommes s'est approché de Daddu. Il était assis juste derrière le chauffeur de notre car et se souvenait vaguement d'avoir aperçu à travers le pare-brise une friche qui ressemblait à la Zone.

– Par là-bas, a-t-il fait d'un geste de la main, le long des rails.

– Non, a dit un autre. C'était par là.

Il montrait la direction opposée.

D'un côté comme de l'autre, il n'y avait que des hangars de tôle rouillée, des terrains vagues… On était perdus au milieu de nulle part, et il n'y avait aucune raison d'aller d'un côté plutôt que de l'autre.

– Par là, a choisi Daddu.

On a pris nos sacs et longé la voie ferrée. De toute façon, on arriverait bien quelque part.

– Attends, a soudain dit m'man. Dimetriu…

Elle s'est retournée. La main en visière au-dessus des yeux, elle guettait l'horizon, comme si le vent allait le déposer à nos pieds.

37

On a fini par arriver quelque part.

Mais où ?... Personne n'en avait la moindre idée.

Une nouvelle Zone, moins grande, mais qui ressemblait beaucoup à l'ancienne. Les mêmes cabanes de bric et de broc, plantées à la hâte, les unes à côté des autres. La même poussière qui se transformait en boue à la moindre pluie, les mêmes bâches qui volaient au vent, les mêmes feux de palettes et de pneus, les mêmes ordures… Mêmes bruits, mêmes odeurs, mêmes rats, mêmes chiens qui gueulaient, mêmes gens qui nous regardaient sans un mot. Au loin, les enseignes d'un centre commercial. Toute proche, juste séparée par un rideau d'arbres auxquels pendouillaient des centaines de sacs en plastique, une autoroute. Et deux robinets d'eau pour tout le monde.

L'idéal aurait été de retrouver Razvan et sa famille. Mais les policiers les avaient embarqués dans un autre car et personne ne savait ce qu'ils étaient devenus.

Cette nuit-là et celles d'après, on a dormi dehors, sur des cartons, serrés les uns contre les autres sous nos couvertures, réveillés par les rats qui couinaient à nos oreilles. Où trouver de quoi se construire un nouvel abri ? Sans Dimetriu, la vie était soudain devenue bien plus compliquée.

Le cinquième jour, alors qu'on achevait tant bien que mal la construction de notre nouveau cabanon, deux types sont arrivés. Costume, lunettes noires, basses poussées à fond et BMW aux vitres fumées. Ils ont remonté les allées du campement une à une. De temps à autre, ils s'arrêtaient, posaient quelques questions, entraient chez les uns, chez les autres... En ressortant, l'un d'eux notait deux ou trois choses dans un petit carnet bleu avant de le glisser dans sa poche.

Tout ça avait un air de déjà-vu.

Daddu les a regardés approcher. Les deux hommes sont arrivés à notre hauteur et le plus âgé a esquissé un sourire.

– Lazar Zidar ?...

Daddu n'a pas bougé. Un frisson m'a parcouru le dos. Comment nous avaient-ils retrouvés ? D'où connaissaient-ils notre nom ? Ces types-là devaient avoir des informateurs dans tous les campements. Ils savaient où nous étions, et qui nous étions, c'est tout.

– Lazar Zidar ? a répété l'homme.

Daddu a hoché la tête.

– Ravi de te revoir.

– Parce qu'on s'est déjà vus ?

– Non. Mais on est quand même contents de te retrouver. Je suis Mikhaïl, et voici Razim, mon associé.

Comme Dragoï, l'associé a entrouvert sa veste : la crosse d'une arme dépassait de sa ceinture. Les choses étaient claires. On savait à qui on avait affaire. Zslot et Lazlo n'abandonnaient pas si facilement la partie.

– Il paraît que tu connaissais bien Karoly et Dragoï, a continué l'homme.

Il a laissé un temps de silence.

– On fait le même métier qu'eux, a-t-il ajouté. Pour Zslot et Lazlo. On reprend leur clientèle, si tu vois ce que je veux dire.

Daddu a acquiescé en silence tandis que Mikhaïl sortait de sa poche son petit carnet et une calculette. La même que celle de Karoly.

– Ces derniers jours ont été perturbés par de bien tristes événements, mais, si je ne me trompe pas, tu nous dois…

Ses doigts ont couru sur les touches de la calculette. Il a noté quelques chiffres sur une feuille de son carnet qu'il a déchirée pour la tendre à Daddu.

– Cent vingt-quatre mille six cents leiki. C'est ça ?

Daddu a regardé la feuille déchirée, trop abasourdi pour parler.

– Il y a erreur, ai-je fait.

Ça m'est sorti de la bouche sans même que je réfléchisse.

L'homme m'a regardé comme s'il découvrait mon existence. J'ai aperçu mon reflet dans ses lunettes noires.

– On doit beaucoup moins, ai-je continué. La dernière fois que Karoly est passé, il avait dit cent huit mille six cents leiki.

— Ciprian, a murmuré l'homme au bout d'un instant.
C'est ça ? Tu t'appelles bien Ciprian ?...

Mon oreille gauche s'est mise à sonner et à siffler.
Mon alarme intérieure. J'ai écrasé le poing sur ma tempe
pour la faire taire. Mikhaïl s'est carré devant moi, Daddu
s'est interposé, et l'associé de Mikhaïl a aussitôt posé la
main sur son arme.

— Laisse, Razim, laisse... a fait Mikhaïl en reculant de
quelques pas. On s'explique, rien d'autre.

Il ne me quittait pas des yeux.

— Je crois savoir que Karoly a eu quelques petits soucis
avec toi... Quelques journées sans travail, c'est ça ?...
Donc des retards de paiement. Et les retards de paiement,
ça coûte de l'argent. Tu aurais travaillé correctement, je
n'aurais pas été contraint d'ajouter ce supplément. Vois-
tu, jeune homme, c'est malheureux, mais nous sommes
dans un monde où tout se paie. Tout !

Au fond de ma poche, je serrais de toutes mes forces
le jeu de madame Baleine. Dans l'autre poche, j'avais toujours les quarante *zorros* « empruntés » à monsieur Énorme.
Ils n'avaient servi à rien, n'avaient rien empêché.

— Alors il va falloir vous remettre au travail, mes amis.
D'autant que l'un de vous s'est bêtement fait poisser par
les flics. Ton fils aîné, c'est ça ?...

L'homme a grimacé.

— Mauvais, ça ! Étranger, situation irrégulière, outrage
à agent, rébellion, violence en réunion, je ne sais quoi...
Ton fils va être raccompagné à la frontière. Interdiction de

séjour. Vous n'êtes pas près de le revoir. La faute à qui ? Hein ? Rien de tout cela ne serait arrivé si un salopard n'avait pas assassiné Karoly. C'est lui le responsable.

Il nous a fixés un à un.

— Quel malheur, n'est-ce pas ?... La police française enquête. Mais elle ne sait pas comment ça se passe entre nous, pas vrai ? Zslot et Lazlo tiennent beaucoup à ce que ce crime ne reste pas impuni. Je vous l'ai dit, nous sommes dans un monde où tout se paie...

Daddu ne bougeait pas, campé entre lui et moi, silencieux.

— Peu de gens possèdent une arme comme celle qui a tué ce bon Karoly, a ajouté Mikhaïl en fixant les phalanges tatouées de Daddu. Un couteau très particulier. Un couteau d'Ursari. Je crois que toi-même tu en es un, non ?... Sans compter cette vilaine morsure à la main. Une jeune fille, paraît-il...

Son regard s'est attardé sur Vera, exactement comme le faisait Karoly.

— Nous enquêtons de notre côté. Si tu entends parler de quelque chose...

38

Malgré la promesse que je m'étais faite, je n'ai pas pu m'empêcher de retourner rôder vers le *Lusquenbour*.

Je passais devant les grilles du jardin, revenais sur mes pas, repassais, sans oser les franchir. Les joggeurs couraient, le casque sur les oreilles, les petits gamins léchaient des glaces qui me faisaient envie tandis que les adultes me jetaient des regards soupçonneux. Je guettais les passants dans l'espoir d'apercevoir madame Baleine.

Je me suis décidé au bout de quatre jours. Il faisait beau, l'allée était remplie de joueurs et les palissades avaient disparu. Mikhaïl et Razim attendraient. J'ai tout de suite aperçu monsieur Énorme. Ses grosses fesses débordaient de la minuscule chaise sur laquelle il était assis, face à un petit homme à casquette. Il jouait les noirs et le petit homme avait les blancs. Pas trace de madame Baleine.

J'ai traînassé autour des tables, j'observais les gens jouer. De temps à autre, je reconnaissais une façon de déplacer les pièces que j'avais déjà vue. Un joueur s'est installé à la dernière table disponible, il a sorti un *léchikier* et a regardé autour de lui à la recherche d'un partenaire de jeu.

Son regard est tombé sur moi et mon cœur s'est accéléré. Dans ma poche, je serrais le jeu de madame Baleine. Il a fini par détourner les yeux. Je n'avais ni la taille ni l'âge de jouer contre lui. Mais surtout, je n'avais pas la tête. Les gens d'ici ne nous aimaient pas plus que ceux de Tămăsciu. Que se serait-il passé si je m'étais approché ? Je jouer avec toi… D'accord ?

Sans doute aurait-il éclaté de rire. Plus sûrement, il m'aurait repoussé d'un geste, inquiet à l'idée que je lui « emprunte » son portefeuille. Mais peut-être aussi qu'il aurait accepté… Je ne le saurai jamais.

À l'autre bout de l'allée, monsieur Énorme a terminé sa partie. Son adversaire s'est levé, lui a serré la main et s'est éloigné tandis que monsieur Énorme, le nœud papillon de travers, s'épongeait le front comme s'il venait de fournir un effort hors du commun. Sans très bien savoir ce que je faisais, je me suis planté face à lui jusqu'à ce qu'il s'aperçoive de ma présence. Il a levé les yeux, a redressé son nœud papillon et m'a détaillé de la tête aux pieds.

— Tiens, tiens ! a-t-il dit au bout d'un moment. Mister Vermicelle, n'est-ce pas ? Martha m'a parlé de toi.

Il a désigné la chaise vide, face à lui.

— Une partie ? Il paraît que tu te débrouilles plus que bien…

Je me suis assis. Monsieur Énorme a installé les pièces sur le *léchikier* et m'a regardé droit dans les yeux.

— Commençons par mettre les choses au clair, jeune homme ! Martha m'a tout dit. Je ne m'appelle pas « monsieur Énorme ». Pas plus que tu ne t'appelles « Mister Vermicelle ».

Je ne comprenais pas tout, mais ça m'a fait sourire.

— Pas méchant... Tu gros énorme, non ?

— Mouais... a fait monsieur Énorme. Je gros énorme... Je ne vais pas te dire le contraire, n'empêche que je préfère nos vrais prénoms. Toi, tu t'appelles Ciprian, c'est ça ?...

Il m'a tendu la main.

— Et moi, c'est Sigismond.

J'ai failli dégringoler de la chaise.

— Sigismond ! Tu Sigismond !

Monsieur Énorme a souri.

— Oui. Je m'appelle Sigismond. Sigismond Lempereur. Qu'est-ce que ça a de si étonnant ?

— Sigismond Lempereur !!!

J'ai crié si fort que les joueurs se sont retournés vers moi. Notre mot à nous, pour dire « empereur », c'est *« împărat »*, ça se prononce *« empeura »*, presque la même chose. Pas besoin de traduction. Je tremblais de tout mon corps.

— Qu'est-ce qui t'arrive ? a demandé monsieur Énorme, un peu inquiet.

J'ai pris une longue inspiration, mon cœur battait à toute allure.

– Rien. Pas grave. Je très content saluer empereur Sigismond. Très content. Je plus jamais appeler tu monsieur Énorme. Juré… Seulement « empereur ».

En face de moi, Sigismond souriait sans rien comprendre.

– Tu peux te contenter de « Sigismond ».

On a commencé une partie. Il a pris mon fou au septième coup. Je lui ai pris son cheval trois coups plus tard…

– Bien joué, murmurait-il de temps à autre, les yeux rivés sur le *léchikier*. Vraiment bien…

On a continué en silence.

Toutes les cinq minutes, Sigismond s'épongeait le visage et avait un petit hochement de tête, comme pour approuver la tournure que prenait notre partie.

– *Tchèquématte*, a finalement lâché l'empereur Sigismond en s'épongeant le front. Martha ne s'est pas trompée. Tu es une graine de grand joueur. Bravo, Ciprian !

Il a enfoui ma petite main de vermicelle pour la serrer dans ses gros doigts boudinés d'empereur.

– Je pas comprendre tout tu dis.

– Tu as encore plein de choses à apprendre et à comprendre, mais tu joues vraiment très bien. Très, très bien. Si tu continues comme ça, dans un mois ou deux, tu me battras sans même que je puisse résister.

Il a sorti son téléphone de sa poche.

– Martha te cherche partout. On va l'appeler.

Comme d'habitude, son portefeuille dépassait de sa poche. La main enfouie dans la mienne, je froissais les deux billets de vingt *zorros* que je lui avais « empruntés ». Je n'y avais pas touché. Mon oreille bourdonnait comme une ruche. Je réalisais l'énormité de ce que j'avais fait : j'avais volé le portefeuille de l'empereur Sigismond alors qu'il était là, juste en face de moi. Si je lui avouais tout, il allait se mettre en colère, me renvoyer à jamais…

– Elle ne répond pas, a fait Sigismond au bout d'un moment, mais je lui ai laissé un message. Elle va être ravie de savoir que tu es revenu.

On s'est dirigés côte à côte vers la sortie. Sigismond clopinait, gêné par son poids. Alors qu'il regardait ailleurs, je me suis baissé comme pour ramasser quelque chose par terre.

– Tiens, Sigismond. Ça tombé de toi poche.

Je lui ai tendu les deux billets de vingt *zorros*. Il m'a regardé d'un air surpris.

– Étrange, a-t-il fait en inspectant son portefeuille. Les deux billets que j'ai pris ce matin sont toujours là. D'où sortent-ils, ceux-là ?

Il regardait autour de lui comme si les billets poussaient sur les pelouses.

– Eux sortir de ici, ai-je fait en montrant sa poche.

– À moins que ce ne soit ceux que j'ai perdus l'autre jour…

Il fronçait les sourcils.

– Une affaire bizarre. Figure-toi qu'au moment où je quittais le jardin mon portefeuille a atterri à mes pieds alors que je le croyais dans ma poche. Tous les papiers étaient dedans, il ne manquait que l'argent, quarante euros. Jamais compris ce qui s'était passé. Et puis aujourd'hui, voilà que tu déniches deux billets juste sous nos pas. Ce que c'est que le hasard, quand même !

Il me regardait avec un petit sourire en coin. Même si ses mots étaient trop compliqués, j'ai compris à peu près de quoi il parlait.

Il a glissé les billets dans son portefeuille et on est passés devant un policier qui, comme l'autre jour, a esquissé un bref salut en le voyant. Normal ! Il saluait l'empereur. Une fois sur le trottoir, Sigismond s'est approché de moi.

– Attends, ne bouge pas ! Qu'est-ce que tu as là ? Quelque chose de bizarre…

Il a posé sa main sur ma tempe et, comme s'il les extrayait de mon oreille malade, en a sorti deux billets de vingt *zorros*. J'ai éclaté de rire.

– Tu magique ?…

– Peut-être bien, Ciprian. Peut-être bien…

L'air parfaitement sérieux, Sigismond Lempereur me tendait les billets.

– Ils sont à toi, puisqu'ils sortent de ton oreille.

Quelques minutes plus tard, j'enjambais le portillon du *aireuhaire*.

Jamais Daddu ne croirait que je venais de serrer la main de l'empereur Sigismond. Ni que l'empereur en personne m'avait donné quarante *zorros*. Mieux valait garder ça pour moi. Au moins pour l'instant. Le secret de l'empereur, et l'argent.

39

Deux jours plus tard, alors que Mikhaïl et Razim venaient de repartir après avoir récolté l'argent de la journée, un van Volkswagen rouge s'est arrêté là où, quelques minutes plus tôt, stationnait leur BMW. D'habitude, les Français évitent soigneusement la proximité de nos campements. Faut reconnaître qu'ils n'ont pas tout à fait tort : personne n'a envie de retrouver sa voiture en pièces détachées. Ou plutôt, de ne pas la retrouver. Il fallait une bonne raison à ceux-là pour s'aventurer dans le coin.

Les amortisseurs du Volkswagen ont remonté de dix centimètres lorsque madame Baleine et l'empereur Sigismond en sont descendus. José Fil-de-fer a déplié ses longues jambes d'araignée, madame Beaux-Yeux a été la dernière à sortir.

Les yeux plissés sous le soleil, ils sont restés un moment à regarder autour d'eux. Le bidonville, les tôles, les bâches, les tas d'ordures, les scooters trafiqués et les chiens qui gueulaient à en perdre haleine. Sûr que ça ne ressemblait pas aux allées du *Lusquenbour*! Madame Baleine s'est ensuite dirigée vers les cabanons les plus proches, le visage fendu d'un large sourire. De loin, je l'ai vue s'adresser aux gens. Tous faisaient plus ou moins semblant de ne pas comprendre cette grosse gadji sortie d'on ne sait où. Je savais d'avance que personne ne lui répondrait. On avait appris à se méfier de tout, même des baleines joviales.

Debout sur le seuil de notre baraque, Daddu observait les quatre gadjé enveloppés d'un nuage de poussière, assaillis par des nuées de gamins en haillons qui braillaient en tendant vers eux leurs mains crasseuses.

— On dirait bien que la baleine te cherche, a-t-il fait en roulant une cigarette. T'attends quoi ? C'est ta copine, ou pas ?

— Elle est vachement grosse, a pouffé Vera.

Je n'ai pas eu besoin de bouger. Madame Baleine m'a aperçu. De loin, elle m'a adressé un grand signe et, suivie par des dizaines d'yeux, elle a mis le cap droit sur nous. Sigismond, madame Beaux-Yeux et José Fil-de-fer lui ont emboîté le pas.

— T'es pas facile à dénicher, a-t-elle haleté en arrivant à notre hauteur. Sans compter que t'aurais pu te secouer un peu et venir nous accueillir. C'est comme ça que tu traites tes amis ? Tu manques d'éducation, mon cher.

Elle soufflait et ruisselait comme après un quatre cents mètres et je ne comprenais pas trop ce qu'elle racontait. À ses côtés, rouge comme une écrevisse, Sigismond haletait et dégoulinait tout autant. Les yeux gris de madame Beaux-Yeux me souriaient.

Madame Baleine a tendu la main à m'man.

– Martha Kolenkova. Enchantée de faire votre connaissance.

M'man n'a rien dit, sidérée par cette grosse femme taillée en catcheuse qui la saluait comme une dame. On n'avait pas l'habitude.

Elle a ensuite serré la main de Daddu, qui a écrasé sa cigarette à la va-vite.

– Martha Kolenkova, mais votre fils préfère m'appeler madame Baleine. Ravie de vous rencontrer.

Elle s'est tournée vers Vera.

– Salut, jeune fille. Et toi tu es ?...

– Vera, a murmuré Vera. Sœur Ciprian.

– Ton vermicelle de frère n'a jamais parlé de toi, c'est un mufle. Heureuse de te rencontrer, Vera.

De la main, elle a désigné les personnes qui l'accompagnaient.

– Je vous présente Louise, José et Sigismond.

Daddu a eu un sursaut.

– Sigismond... a-t-il répété, les yeux rivés sur le gros homme qui s'épongeait.

Sigismond s'est essuyé les paumes sur son mouchoir et a tendu une main encore moite en direction de Daddu.

– Enchanté, a-t-il fait. Sigismond Lempereur.

Daddu m'a regardé, l'air égaré. Lui non plus n'avait pas besoin de traducteur, il avait reconnu le mot.

– On peut entrer ? a demandé madame Baleine-Kolenkova.

Les ressorts du sommier qu'on avait récupéré au coin d'une rue se sont écrasés sous le poids de nos visiteurs. Toujours muets, on s'est assis face à eux, sur les caisses qui nous servaient à la fois de sièges et de table. Dehors, des gamins débraillés se tordaient le cou pour apercevoir les gadjé.

Mon père est ressorti pour les engueuler et les prévenir qu'il étriperait de ses propres mains le premier qui oserait toucher à la voiture de l'empereur Sigismond.

– À toi, Louise, a fait madame Baleine lorsqu'il est revenu s'asseoir.

40

Madame Beaux-Yeux a commencé par nous adresser un sourire lumineux.

– Vos enfants doivent aller à l'école. Je suis là pour ça.

Toujours pas besoin de traduire. École, ça se prononçait presque de la même façon que « *şcoală* », notre mot à nous. J'ai retenu mon souffle, l'oreille droite tendue vers elle tandis que la gauche n'en faisait qu'à sa tête.

– L'école pour toi, a-t-elle dit en me regardant.

– Et pour toi aussi, a-t-elle poursuivi en se tournant vers Vera.

– Et même pour vous, a-t-elle ajouté en fixant m'man et Daddu. Il n'est jamais trop tard.

Un silence stupéfait a suivi. Daddu s'est roulé une nouvelle cigarette, on observait chacun de ses gestes comme si nos vies en dépendaient. Il l'a allumée, les yeux mi-clos, et a secoué la tête.

– Pas possible, a-t-il fait en rassemblant toutes ses connaissances de français. *Şcoală* pas possible... Pas fait pour nous.

Épuisé par l'effort, il a poursuivi en abandonnant le français. Madame Beaux-Yeux s'est tournée vers moi, attendant que je traduise.

— Lui dit pas possible. Nous, étrangers. Nous pas droit venir ici.

— «Tous les enfants mineurs présents sur le territoire français doivent être scolarisés sans condition de régularité de séjour de leurs parents ou de leurs responsables légaux...», a-t-elle lâché d'une traite. C'est la loi.

C'était surtout du charabia.

— Ça veut dire, a-t-elle repris, que tu dois aller à l'école, et ta sœur aussi. C'est obligatoire et gratuit. Tu ne paies pas.

J'ai tenté de traduire ce que j'avais compris, c'est-à-dire pas grand-chose, mais Daddu a de nouveau secoué la tête.

— *Noi nu au acte*, a-t-il fait en soufflant un nuage de fumée.

— Nous pas papiers, ai-je traduit.

Madame Beaux-Yeux a sorti de son sac une liasse de papiers multicolores.

— Mais moi, j'en ai, des papiers. De toutes sortes, des blancs, des bleus, des verts... Tout ce qu'il faut pour que vos enfants aillent à l'école dès demain.

Et elle les a tendus à Daddu qui les a feuilletés sans savoir quoi faire. Jamais il n'avait eu autant de paperasse entre les mains. Il a de nouveau secoué la tête.

— Pas possible...

Et il a poursuivi en glissant ici et là les rares mots de français qu'il connaissait.

– Il dit pas possible, à cause Mikhaïl et Razim. On devoir beaucoup d'argent à eux. Beaucoup. Vera et moi travailler. Obligé. Gagner l'argent. Sinon…

– Sinon quoi ?

Personne n'a répondu à cette question. Madame Beaux-Yeux a regardé madame Baleine qui a regardé Sigismond Lempereur.

– Combien ? a-t-il demandé. Combien vous leur devez ?

Daddu lui a tendu la feuille froissée sur laquelle Mikhaïl avait inscrit la somme qu'on lui devait. Cent vingt-quatre mille six cents leiki.

Lempereur a sorti de sa poche un smartphone que Dimetriu n'aurait pas hésité à lui emprunter. Il a tapoté quelques touches et chuchoté quelques mots à madame Baleine avant de tendre son téléphone à Daddu.

– Ce sont eux ?

Daddu l'a regardé, effaré. Sur l'écran apparaissaient les têtes de Mikhaïl et Razim prises une fois de profil, et une fois de face.

– *Da*, a murmuré Daddu.

– Je m'en occupe, a fait Sigismond en s'épongeant le visage.

– Tu payer ? s'est étonné Daddu.

– Je m'en occupe, a répété Sigismond.

Daddu fixait sans comprendre sa grosse face rougeaude

et inondée de sueur, le nœud papillon qui lui étranglait le cou. Je souriais comme un imbécile. Les pouvoirs de Sigismond semblaient sans fin. Il était capable de faire sortir des billets de vingt *zorros* de mon oreille malade, capable de montrer sur son smartphone les visages des hommes de main de Zslot et Lazlo… Aurait-il été capable de dire où se trouvait Dimetriu ? Qui était-il, lui que les policiers du *Lusquenbour* saluaient ? L'empereur ? Pour de vrai ?

Madame Beaux-Yeux a ensuite posé des questions que personne ne nous avait jamais posées. C'était obligatoire pour les papiers, a-t-elle dit. Où étions-nous nés ? Quand ? Dans quelle ville ? Dans quel pays ?… Personne n'en avait la moindre idée. Des guerres étaient passées par là, des révolutions, des frontières étaient tombées, des dictateurs étaient morts, des pays avaient disparu, d'autres étaient apparus, mais surtout, c'était le genre de détails dont nous autres, les Ursaris, ne nous préoccupions pas beaucoup.

M'man se souvenait de la naissance de Vera, un soir d'orage, dans une bergerie abandonnée. La mienne avait eu lieu à proximité d'un village qui s'appelait peut-être Novna Glad. À moins que ce ne soit autrement. Elle se souvenait que, le jour de ma naissance, Daddu s'était battu avec des gens qui voulaient nous chasser alors qu'elle était sur le point d'accoucher. Mais ça, on ne le marquait pas sur les papiers de madame Beaux-Yeux.

Elle nous fixait de son regard gris. Nos réponses ne convenaient pas. Elle s'est finalement résignée à écrire n'importe quoi, ce qui arrangeait tout le monde.

– Quelle importance? a murmuré Daddu. Nous sommes les fils du vent, les protégés de l'empereur Sigismond.

Et Sigismond a doucement hoché la tête, comme pour confirmer qu'il nous prenait désormais sous sa protection personnelle.

41

Le lendemain, le Volkswagen rouge nous attendait devant le campement. Vera et moi nous y sommes engouffrés. Elle avait passé un temps fou à natter ses cheveux et à se maquiller.

– Pour vos débuts, a fait madame Baleine, je tiens à vous accompagner.

Daddu nous a adressé un signe de main hésitant lorsque le van a démarré. M'man, elle, regardait ailleurs, comme si rien de tout cela ne la concernait. Dans la famille, personne ne savait à quoi ressemblait une école. Bien sûr, on en avait déjà vu en passant devant avec notre vieille Mică, mais toujours du dehors. Jamais nous n'en avions franchi la porte. Vera et moi étions les premiers Ursaris à le faire.

L'école était nichée au milieu d'immeubles hérissés d'antennes rondes comme des soucoupes volantes. Et notre classe ne ressemblait à rien de ce que j'avais imaginé. Encombrée de tables, d'étagères, de livres et d'objets que je ne connaissais pas. Un peu en dehors de la « vraie » école, comme s'il ne fallait pas trop que nous nous mélangions aux autres. Parce que la spécialité de madame Beaux-Yeux, c'était nous : tous ceux qui ne parlaient pas français.

La plupart des élèves étaient déjà arrivés, et une douzaine de paires d'yeux se sont braqués sur nous lorsque madame Beaux-Yeux nous a ouvert la porte.

– Les enfants, a-t-elle dit, je vous présente Vera et Ciprian.

Vera s'est recroquevillée comme un escargot. Un grand Soudanais, un Algérien, une Chinoise, une Marocaine, deux Albanais, une Capverdienne, deux Syriens… La classe de madame Beaux-Yeux était un résumé du monde.

Sur une carte punaisée au mur, chacun avait planté une épingle représentant son pays d'origine. Vera et moi étions incapables de situer le nôtre.

– C'est là, a fait madame Beaux-Yeux en désignant une minuscule tache rose sur la carte.

Personnellement, je n'avais aucun souvenir d'un pays rose. Mais surtout, je ne pouvais pas croire que la Terre ressemblait réellement au rectangle tout plat que j'avais sous les yeux. Que se passait-il quand on arrivait au bord ? On tombait ? Et de l'autre côté, il y avait quoi ?

Madame Beaux-Yeux m'a regardé d'un air intéressé.

– En plus de vingt ans, personne ne m'a jamais posé cette question, Ciprian !

Son grand projet, c'était de nous faire parler, et elle profitait de la moindre occasion pour cela. Elle a fait signe aux autres de nous rejoindre et nous a mis sous le nez une autre Terre. Ronde comme un ballon, celle-là, et plantée de travers sur une grande aiguille qui la traversait de part en part. Ce n'était pas beaucoup plus convaincant. La France était située sur une région si pentue qu'on ne pouvait pas tenir debout. Quant à ceux qui habitaient de l'autre côté, ils étaient sûrs de dégringoler. C'était totalement impossible.

— La Terre est une sorte d'aimant, a commencé madame Beaux-Yeux.

Comment dit-on « aimant » en chinois, en albanais ou en arabe ?... Aucun de nous n'avait la moindre idée de ce que signifiait ce mot, mais les armoires en fer de madame Beaux-Yeux contenaient des trésors. Elle en a sorti un aimant. Tour à tour, on en a approché de petits objets métalliques, clés ou trombones, qui venaient d'eux-mêmes s'y coller, attirés par une force mystérieuse. Même la tête en bas, ils restaient accrochés.

— C'est pareil pour la Terre, a dit madame Beaux-Yeux. Elle nous attire, comme l'aimant attire les clés ou les trombones.

Tous les autres, y compris Vera, ont hoché la tête. Moi, je ne comprenais pas.

— Mais nous, pas fer...

— Tu as raison. En réalité, c'est plus compliqué que ça...

Les étagères débordaient de livres. Des grands, des petits, des gros, des minces... Il y en avait tant que tous les livres du monde étaient sans doute rassemblés là.

Madame Beaux-Yeux m'en a tendu un. J'ai hésité. Jamais je n'avais ouvert de livre. Jamais je n'en avais eu entre les mains, et je n'avais aucune idée de ce qu'il y avait à l'intérieur.

– Prends… Il ne va pas te manger. Les explications sont dedans.

L'une des élèves a déchiffré le titre : *Le livre des planètes.* Sur la couverture, une nuit parsemée d'étoiles.

Après un moment de flottement, j'ai ouvert le livre. Vera et les autres regardaient par-dessus mon épaule. Des images et des mots. Beaucoup d'images et encore plus de mots. Des images du ciel qui ne ressemblaient à rien de ce qu'on peut voir la nuit. C'était beau et je n'y comprenais rien.

– Tu comprendras bientôt, a fait madame Beaux-Yeux. Dès que tu sauras lire. On commence tout de suite ?

Elle nous a pris à part, Vera, l'Algérien, les Albanais et moi, tandis que les autres, arrivés depuis plus longtemps, travaillaient seuls. Je me suis calé près d'elle, du côté de mon oreille qui marchait bien. J'ai fermé les yeux le temps de humer son parfum. Quand je les ai rouverts, elle me regardait d'un drôle d'air. J'ai rougi jusqu'à la racine des cheveux et ma mauvaise oreille s'est mise à sonner dans mon crâne comme un téléphone.

– Tu es prêt, Ciprian ? a-t-elle demandé en retenant un sourire. Bon. Alors nous allons partir à la chasse aux « A »…

Il fallait trouver des mots dans lesquels on entendait

« A ». Vera, *A*lgérien, *b*aleine… Madame Beaux-Yeux les écrivait au fur et à mesure sur un tableau et, à chaque fois, elle entourait le «A», qui pouvait aussi s'écrire «a» ou encore « *a* ».

J'en ai vite eu assez. C'était bien trop facile. J'ai montré les étagères de livres à madame Beaux-Yeux.

– Beaucoup livres. Possible apprendre tout de suite ?

– Chacun son rythme, Ciprian. Toi, tu es un rapide, mais c'est difficile d'apprendre à lire. Tout le monde n'a pas tes facilités. Demain, tu travailleras seul. Ce sera mieux. De toute façon, cet après-midi, tu n'es pas en classe avec nous. Une surprise t'attend.

« Rythme », « facilités »… Madame Beaux-Yeux employait exprès des mots compliqués. Tout ce que j'ai compris, c'est qu'il y avait une bonne et une mauvaise nouvelle. La bonne, c'était *« unesurpriz »*. Je ne savais pas ce que c'était, mais, venant de madame Beaux-Yeux, ça ne pouvait être que bien. La mauvaise, c'est que j'allais passer l'après-midi sans la voir.

Quant à Vera, elle faisait la tête. Cette histoire de *« unesurpriz »* ne lui plaisait pas du tout. Elle n'avait aucune envie d'être séparée de moi.

Vers midi, un monsieur est arrivé avec des plateaux-repas. Ce qu'on avait à manger tenait dans de petites cuvettes en plastique, ni Vera ni moi n'avions jamais vu ça. On déjeunait à part des autres élèves de l'école en compagnie de madame Beaux-Yeux. Pour nous obliger à parler, elle posait des questions aux uns et aux autres et se débrouillait pour que tout le monde participe. Personne ne parlait la même langue, et ça cafouillait pas mal, mais on n'avait pas le choix : la seule façon de s'y retrouver, c'était de parler français.

La porte s'est ouverte et José Fil-de-fer est apparu.

– C'est toi, « *unesurpriz* » ?

Il a hoché la tête et m'a expliqué que j'avais un régime spécial avec deux écoles : le matin, l'école du français avec madame Beaux-Yeux, et deux après-midi par semaine l'école de *lèzéchek* avec lui.

On s'est installés dans une pièce encombrée de cartons et de tables. Un *léchikier* nous attendait.

– Obcomréjouga, a dit José.

Ça ne ressemblait pas du tout à du français.

– Obcomréjouga, a-t-il répété. C'est le mot magique des échecs, a-t-il repris. À ne jamais oublier. « Ob » comme observer ; « com » comme comprendre ; « ré » comme réfléchir ; « jou » comme jouer ; et « ga » comme… gagner. Observer, comprendre, réfléchir, jouer, gagner*. Tout est là.

– Je comprends pas beaucoup… Juste « comprendre » et « jouer ».

José Fil-de-fer s'est gratté la tête.

– T'inquiète pas, ça va vite venir. On commence tout de suite.

---

* Cette formule est empruntée à Daniel Baur, fondateur et animateur du club d'échecs de l'école des Trois-Palétuviers, en Guyane (www.cavalierstroispaletuviers.eu/).

La même phrase que ce matin, avec madame Beaux-Yeux. Tout le monde était pressé. On s'est assis face à face. Entre nous, le *léchikier* et ses petites pièces de bois.

42

Le Volkswagen rouge nous a déposés devant le campement en fin d'après-midi. Daddu semblait inquiet. Du
coin de l'œil, il guettait l'endroit où Mikhaïl et Razim
garaient habituellement leur BMW. C'était l'heure de leur
tournée quotidienne, et on pouvait parier qu'ils n'allaient
pas du tout aimer cette histoire d'école.

Je m'en occupe, avait promis Sigismond. Il n'avait pas
reparu depuis, et on en était beaucoup moins sûrs que la
veille. Mikhaïl et Razim étaient comme des serpents. Vifs,
rapides, dangereux. Face à eux, que pouvait faire le gros
Sigismond ?

M'man, elle, semblait s'en moquer. Depuis l'arrestation de Dimetriu, elle paraissait vivre dans un autre
monde, perdue dans ses pensées. C'est à peine si elle
mangeait. Tout ce qui l'intéressait, c'était de faire du feu.
Quel que soit le temps, elle s'asseyait sur le seuil du cabanon, rassemblait des brindilles, des bouts de cagettes, du
papier, du carton… Elle grattait une allumette et restait
des heures à regarder les flammes, presque immobile,

se contentant d'alimenter son feu. Daddu ne faisait aucune remarque, comme si tout était parfaitement normal.

Le temps qu'il roule une cigarette, la BMW a tourné le coin de la rue, vitres grandes ouvertes, sono à fond. Les sifflements de mon oreille se sont immédiatement réveillés. Elle a freiné dans un crissement. Mikhaïl et Razim en sont sortis. Ils ont ajusté leurs lunettes noires et, sans arrêter la musique, se sont dirigés vers nous.

Ils n'ont pas fait plus de trois pas. Des policiers ont surgi de je ne sais où, casqués, vêtus de gilets pare-balles, les armes à la main.

– Police ! a braillé l'un d'eux. Plus un geste ! Levez les bras au-dessus de la tête.

Les deux hommes se sont figés. Le reste n'a duré qu'une poignée de secondes. Les policiers les ont menottés, fouillés et ont glissé l'arme de Razim dans un petit sachet en plastique. Ils les ont embarqués dans deux voitures différentes qui se sont éloignées toutes sirènes hurlantes, tandis que d'autres policiers fouillaient leur voiture. Le silence a semblé irréel lorsqu'ils ont éteint l'autoradio. On les regardait, médusés, sans oser bouger. Daddu était pétrifié, sa cigarette à deux doigts des lèvres. L'empereur Sigismond avait tenu sa promesse.

– *Tchèquématte*, ai-je murmuré, les yeux écarquillés.

Quand les flics sont repartis en emportant des sacs remplis de je ne sais quoi, la BMW de Mikhaïl et Razim est restée là, entortillée de rubans rouges pour que personne n'y touche en attendant qu'une dépanneuse vienne l'enlever. C'était mal nous connaître.

La cigarette est enfin arrivée jusqu'aux lèvres de Daddu.

– Première fois que des flics ne nous jettent pas dehors, a-t-il lâché dans un nuage de fumée.

Il n'a pas terminé sa phrase qu'un taxi s'est arrêté devant le campement, là même où se trouvaient les voitures de flics quelques instants plus tôt. Sigismond Lempereur en est sorti péniblement, embarrassé par ses grosses fesses et son gros ventre. Il s'est épongé le front et a cligné des yeux sous le soleil avant de faire quelques pas dans notre direction.

– Hello, Ciprian!

Il est arrivé jusqu'à nous, le souffle court, et s'est essuyé les paumes sur son mouchoir avant de serrer la main de mon père.

– Tout va bien? a-t-il demandé. Vous n'avez pas été ennuyé?...

Daddu a mis un genou en terre et lui a baisé la main.

– Merci! Merci!

Dans la bouche de Daddu, ça devenait: «*Marzi! Marzi!*»

– Allons! Allons! s'est écrié Sigismond en retirant sa main. Voilà longtemps qu'on cherchait à coincer ces types. Une filière. Les hommes, les armes, la drogue… Tout y passait. Il y aura encore d'autres arrestations. J'espère que, dorénavant, vous serez tranquilles. Au moins de ce côté-là…

Il s'est légèrement incliné devant m'man qui fixait les flammes de son feu et paraissait ne pas s'apercevoir de sa présence.

– Chère madame, je vous souhaite une excellente soirée.

Et il est redescendu vers le taxi qui l'attendait.

– Tu as des amis influents, Ciprian, a murmuré Daddu en regardant la voiture s'éloigner.

Sigismond avait tenu parole ! Non seulement il savait comment déplacer les policiers comme des pièces sur un « *léchikier* », mais il avait aussi le pouvoir de faire apparaître des billets de vingt *zorros* de mon oreille, et de faire disparaître les Mikhaïl et les Razim. Se pouvait-il que ce gros homme essoufflé et ruisselant de sueur soit réellement le descendant de l'empereur Sigismond ?

Le lendemain, bien avant notre départ pour l'école, quand le camion de la fourrière est venu enlever la BMW, il n'en restait rien à l'exception d'une petite tache d'huile sur l'asphalte défoncé. Elle avait entièrement disparu. Le conducteur du camion a cherché tout autour de lui, les yeux plissés sous le soleil. Personne n'a même fait mine de remarquer sa présence. Daddu et quelques autres avaient travaillé toute la nuit à désosser la voiture de Mikhaïl et Razim : les pièces détachées se revendent mieux que la ferraille.

Les Français avaient raison de ne pas garer leurs voitures à proximité.

43

— J'y vais pas ! a lancé Vera.

C'était notre quatrième jour d'école et, comme les jours précédents, le Volkswagen rouge nous attendait en contrebas. De loin, madame Baleine nous a adressé un signe de la main.

— J'y vais pas, s'est entêtée Vera.

— Mais tu ne peux pas faire ça ! Madame Beaux-Yeux nous attend. Et puis Razim et Mikhaïl ne vont plus nous harceler, alors tu…

— J'y vais pas. C'est tout ! Je veux plus rester enfermée toute la journée. Faut que je sorte, faut que je bouge, moi. Et puis…

— Et puis quoi ?

Elle a repoussé une mèche sous son foulard.

— Et puis tu m'énerves, a-t-elle continué en me lançant un regard noir. Toi, tu… tu comprends tout. Tout de suite. Moi, je n'y comprends rien à toutes ces histoires. Elle me saoule, ta madame Beaux-Yeux, avec ses lettres à la con ! « A », « E », « I »… À quoi ça sert, tout ça ? Ça va changer quoi de ressembler à des gadjé, hein ? De les imiter comme des singes? T'as vu ta tête? Tu crois peut-être qu'on voit pas d'où tu viens? Même si tu sais lire, ils te traiteront comme un chien! Moi, ce que je veux, c'est recommencer comme avant. Retrouver Dimetriu, Mammada et Găman et...

Elle a fondu en larmes. Je ne savais pas quoi dire. Pas quoi faire.

Daddu dormait après avoir «récupéré» de la ferraille toute la nuit et m'man bricolait son feu, noyée dans ses rêveries. Madame Baleine est venue à la rescousse, mais rien n'y a fait. Vera ne voulait rien savoir. Ne voulait même plus prononcer un mot de français. Elle s'est réfugiée à côté de m'man.

— Dis à cet hippopotame de me foutre la paix. Elle n'est pas ma mère. N'a pas d'ordres à me donner, je fais ce que je veux.

Je me suis installé dans le Volkswagen rouge et j'ai regardé ma sœur rapetisser à travers les vitres. Debout à côté du feu, elle tenait la main de m'man.

Toi, tu comprends tout. Tout de suite... Tu m'énerves...

Qu'est-ce que j'y pouvais, moi, si j'aimais l'école? J'aurais même voulu y rester des nuits entières. Quand je regardais les livres sur les étagères, j'avais envie de tout lire. Fallait que je comprenne pourquoi les habitants de l'autre côté de la Terre ne tombaient pas la tête la première.

Que je sache ce qu'il y avait de l'autre côté du ciel...

Et puis il y avait *lèzéchek.*

44

Les jours rallongeaient. La poussière avait depuis long-temps remplacé la boue, il faisait de plus en plus chaud et, le soir, les tôles surchauffées des cabanons les transfor-maient en fournaise. Toutes les familles s'installaient alors dehors et, jusqu'au milieu de la nuit, le vacarme était infernal.

Vera a repris son travail de nourrice itinérante dans le métro. Nous n'avions aucune nouvelle de Dimetriu et m'man semblait chaque jour un peu plus absente que la veille. Malgré la chaleur, elle allumait des feux de planches dont les flammes s'élevaient bien au-dessus de notre caba-non. Elle ne parlait pas, ne mangeait presque rien, chaque jour plus maigre, plus légère, comme si elle s'effaçait peu à peu... Là où elle était, personne n'aurait pu la rattraper, et Daddu faisait comme s'il ne s'apercevait de rien. Autour de nous, les gens l'appelaient « *Nebuna* », la folle. Chaque soir aussi, les sifflements de mon oreille se déclenchaient et me taraudaient la tête pendant des heures.

Mais je ne voulais faire attention à rien de tout cela. Pas même à l'absence de Dimetriu. J'avais d'autres choses en tête : je commençais à lire de vrais livres. Chaque jour, j'en rapportais un nouveau de l'école et je m'asseyais dehors pour le lire. Dedans, il y avait plein d'histoires, des tristes, des émouvantes, des drôles... En attendant de partir à la ferraille, Daddu me regardait. Je sentais ses yeux fixés sur moi à travers la fumée de sa cigarette.

J'ai commencé par les livres les plus minces. J'adorais les aventures de Chien Pourri*, un chien tout moche et tout pelé, et de son copain Chaplapla, un chat tout plat parce qu'il était passé sous une voiture.

Je riais tout seul en lisant et Vera me jetait des regards agacés. Je lui faisais envie.

– Tu me racontes ? finissait-elle par demander.

C'était trois fois compliqué : il fallait que je comprenne l'histoire en français, que je la traduise et que je la raconte ensuite à haute voix pour Vera. Il y avait souvent des mots que je ne comprenais pas, alors j'inventais un peu. Mine de rien, Daddu se rapprochait, il écoutait et ça le faisait rire aussi. La seule à ne pas rire, c'était m'man, à la dérive, les yeux perdus à la poursuite des étincelles de son feu.

Je n'arrêtais de lire qu'à la nuit tombée, au moment où mes oreilles débutaient leur sarabande, au moment où Daddu partait « travailler ». Depuis l'arrestation de Mikhaïl

* *Chien Pourri*, de Colas Gutman, *l'école des loisirs*.

et de Razim, il revendait directement à d'autres ferrailleurs pas trop regardants sur l'origine de leur marchandise.

Ce mot, « travailler », ne plaisait pas à madame Beaux-Yeux. Comme pour Dimetriu, elle disait que dépouiller des chantiers en pleine nuit, ce n'était pas un travail, mais du vol.

Moi, je lui racontais comment mon Daddu revenait exténué, le matin. Comment il s'écroulait sur le vieux sommier pourri et dormait comme une pierre jusqu'au milieu de l'après-midi. Sans cela, on n'aurait même pas pu manger...

– Tu préfères qu'on meure de faim?...

Madame Beaux-Yeux levait les yeux au ciel.

– Arrête ! Tu sais très bien ce que je veux dire.

Non. Je ne savais pas.

Mais la plupart du temps, je m'arrangeais pour qu'on ne parle pas de ce qui se passait au campement. J'avais deux vies : une avec ma famille, et une seconde à l'école de madame Beaux-Yeux, avec José et les autres. C'était mieux de ne pas mélanger.

La seule chose que je n'aimais pas à l'école, c'était de partager madame Beaux-Yeux. J'aurais voulu l'avoir rien que pour moi, comme José Fil-de-fer dans la classe de *lèzéchek*. Sauf qu'il était beaucoup moins joli que madame Beaux-Yeux.

Sauf aussi que, maintenant, je savais qu'on disait «jouer aux échecs» et pas jouer à *« lèzéchek »*. Je savais également qu'on ne disait pas *« tchèquématte »*, mais «échec et mat».

Les après-midi débutaient toujours de la même façon :

— Tu te souviens du mot magique, Ciprian ?

— Obcomréjouga. Observer, comprendre, réfléchir, jouer et gagner.

Selon les jours, José m'expliquait quelque chose, ou me posait des devinettes. Il disposait quelques pièces sur l'échiquier, me regardait.

— Comment mettre le roi blanc en échec avec la tour ? Observe bien. Tu as droit à six coups.

La plupart du temps j'y arrivais, et José laissait échapper un soupir.

— Je ne comprends pas comment tu fais, Ciprian. Par moments, j'ai l'impression de ne servir à rien. Comme si tu apprenais tout seul.

Madame Beaux-Yeux disait la même chose.

Je n'y étais pour rien : ma tête est fabriquée comme ça.

On terminait toujours la leçon par une partie. La plupart du temps, José Fil-de-fer gagnait. La première fois que je l'ai mis mat, il a allongé ses longues jambes sous la table et a silencieusement applaudi.

— Jamais je n'ai été aussi content de perdre !

Il affichait un sourire fin comme une lame.

45

Aux échecs, on pouvait perdre ou gagner. Mais quand on lisait, impossible de perdre. C'était magique. Avec les vingt-six lettres de l'alphabet, on pouvait fabriquer tous les livres de la terre. Là où ça se compliquait, c'est que ces livres étaient pleins de mots que je ne comprenais pas.

– Un peu de patience, Ciprian, répétait madame Beaux-Yeux. Ça va venir. Tu finiras par tout comprendre.

Sauf que je n'avais pas le temps d'être patient. Chaque jour qui passait me rapprochait d'une date que je redoutais : les « grandes vacances ». Ça voulait dire que l'école allait fermer. Ça voulait dire aussi ne pas voir madame Beaux-Yeux pendant des semaines, ne plus emprunter de livres sur ses étagères, ne plus les raconter à Vera et à Daddu. Rien qu'à cette idée, mon oreille se mettait à siffler. J'avais l'impression d'un immense gouffre noir, prêt à m'aspirer.

Fallait faire vite.

– Si j'apprends le dictionnaire par cœur, je connais tous les mots, non ?

– On dit « je connaîtrai ».

– Si j'apprends le dictionnaire, je connaîtrai tous les mots, non ?

On était le lundi de la dernière semaine de classe. Madame Beaux-Yeux m'a regardé comme si je débarquais d'une autre planète.

– Mais personne ne fait ça, Ciprian. Personne n'apprend le dictionnaire par cœur. Tu vas t'encombrer la tête de tout un fatras de mots que tu n'utiliseras jamais !

– Mais il y a beaucoup de place, dedans, ai-je fait en tapotant ma tête.

– Ça, je m'en aperçois tous les jours.

– Alors je peux ?…

– Essaie toujours, mais tu vas vite en avoir assez !

La main de madame Beaux-Yeux m'a effleuré lorsqu'elle m'a tendu le gros dictionnaire, et son parfum m'a enveloppé. Ça aussi, ça allait me manquer pendant les « grandes vacances ».

Le dictionnaire s'appelait Robert, je l'ai ouvert à la première de ses 2 949 pages.

Les deux premiers mots, je connaissais : « a » et « à ». Ça se compliquait dès le troisième : « abaca ».

– Tu sais ce que c'est, « abaca » ? ai-je demandé.

Madame Beaux-Yeux a fait non de la tête. Je lui ai lu la définition. C'était une sorte de tissu.

– Tu crois que ça va te servir, de savoir ça ? a-t-elle demandé.

– Mais à quoi ça me servira de ne pas le savoir ?

Avec un sourire, elle a levé les yeux au ciel.

— Je peux emporter Robert-le-dictionnaire chez moi,
ce soir ?

— Bien sûr.

Et elle s'est éloignée pour s'occuper des autres élèves
alors que j'aurais voulu qu'elle reste toute la journée à
côté de moi.

Quand le monsieur des plateaux-repas est entré dans
la classe, j'ai regardé autour de moi comme si je me
réveillais. J'avais passé la matinée avec Robert. Je savais ce
qu'étaient une « abdication », une « aboulie » ou une
« absinthe ». J'avais aussi trouvé un mot pour les vacarmes
qui se déclenchaient dans mes oreilles depuis que Dragoï
m'avait frappé : des « acouphènes ».

Faut reconnaître que madame Beaux-Yeux avait raison : ce n'est pas le genre de mots qu'on utilise tous les
jours. Mais maintenant, je savais comment ça se passait
dans ma tête. José Fil-de-fer m'avait expliqué. Je devais
imaginer ma mémoire comme une maison infinie, un
immense palais où je pouvais rajouter autant de chambres
que je voulais pour ranger ce que j'apprenais. L'important,
c'était de ne pas oublier le chemin qui menait à chaque
pièce. J'ai donc imaginé un nouveau lieu pour ce que
j'avais appris ce matin, une pièce pleine de mots qui com-
mençaient par « A ».

Impossible de les oublier.

46

Le dernier jour d'école est arrivé.

Sans les dessins aux murs et les livres sur les étagères, la classe était toute morte. L'école des échecs allait-elle aussi fermer ? J'ai posé la question à José Fil-de-fer.

– On en a parlé avec Louise, Martha et Sigismond. On va se relayer auprès de toi pendant l'été, parce que...

– Attends !

J'ai eu un peu de mal à trouver « relayer » dans Robert-le-dictionnaire. Il pouvait s'écrire de tellement de façons différentes ! Relailler, releyer... Je l'ai finalement déniché au bas de la page 2227 : « *Se remplacer l'un l'autre pour effectuer une tâche.* » J'allais chercher « tâche » lorsque José m'a ôté Robert des mains.

– Ciprian, par pitié ! On ne va pas lire tout le dictionnaire. Se relayer, ça veut dire que, pendant l'été, il y aura toujours quelqu'un avec toi. Mais attention ! Ce ne seront pas des vacances, parce qu'au tout début du mois de septembre je t'ai inscrit à un tournoi d'échecs réservé aux jeunes de ton âge.

Tournoi ?... J'ai tendu la main vers Robert, mais José a pris les devants.

– Un tournoi, ça signifie que tu vas jouer contre d'autres qui ont plus ou moins le même âge que toi. Ça se passe en plusieurs tours, sauf qu'aux échecs on ne dit pas un « tour », mais une « ronde ». C'est la même chose. À chaque ronde, tu joues contre des adversaires qui ont à peu près ton niveau. Lorsque tu gagnes une partie, tu as un point, si tu la perds, tu n'as rien, et en cas de partie nulle, tu as un demi-point. Celui qui a le plus de points remporte le tournoi.

– C'est comme un combat, alors ?

J'ai repensé à Daddu, torse nu sous la neige de Tămăsciu, avec ses bracelets de force et ses tatouages. *Venez applaudir le spectacle unique au monde d'un homme luttant à mains nues contre un ours...* Peut-être que les spectateurs du tournoi d'échecs allaient nous applaudir et nous jeter des pièces. Comme là-bas...

– À quoi tu rêves, Ciprian ?

J'ai levé les yeux. José Fil-de-fer me regardait.

– Je ne rêve pas, je me souviens...

Je n'ai rien ajouté. C'était mon autre vie.

47

L'allée des joueurs du *Lusquembourg* est devenue notre
« quartier d'été », comme disait Sigismond. « *Lusquembourg* »,
oui ! Malgré tous les efforts de madame Baleine, je n'ai
jamais réussi à prononcer « Luxembourg ». Je savais juste,
maintenant, que ça s'écrivait avec un « M » au milieu, et un
« G » à la fin.

Rendez-vous à 10 heures. Tantôt avec madame
Baleine, tantôt avec l'empereur Sigismond. On jouait des
parties courtes pour lesquelles on utilisait une drôle de
pendule à deux cadrans. Dès qu'un joueur terminait, il
appuyait sur un bouton qui bloquait son cadran et mettait
en marche celui de son adversaire. José Fil-de-fer y tenait :
tous les tournois se jouaient avec ces pendules. Madame
Baleine m'emmenait ensuite au café. On s'installait en ter-
rasse, elle commandait des sandwiches, un rhum pour elle
et un diabolo menthe pour moi. Puis elle repartait chez
elle : « À demain, Ciprian. Si on est encore en vie… »

L'après-midi, José Fil-de-fer m'entraînait. Il casait ses
grandes jambes sous l'une des tables du jardin et demandait systématiquement :

– Mot magique, Ciprian ?

– Obcomréjouga. Observer, comprendre, réfléchir, jouer et gagner.

Il disposait ensuite les pièces sur l'échiquier comme si une partie était en cours.

– En trois coups, tu peux mettre mat le roi noir.

J'observais, je comprenais, je réfléchissais, je jouais... Et le plus souvent, je gagnais.

– Plus compliqué, maintenant, annonçait José en me proposant une nouvelle combinaison.

Louise Beaux-Yeux passait en fin d'après-midi avec un panier rempli de livres. Je m'asseyais sur un banc à côté d'elle et fermais les yeux pour mieux m'emplir de son parfum.

– Celui-ci se passe en Afrique, Ciprian. C'est l'histoire de Sisanda, une fille un peu plus jeune que toi, atteinte d'une malformation cardiaque. Ici, on pourrait la soigner et l'opérer. Mais chez elle, c'est impossible, et sa mère n'a pas assez d'argent pour payer l'opération, alors...

Ses yeux couleur de nuage se sont posés sur moi. Elle était si belle que j'osais à peine la regarder. Elle m'a tendu le livre, sa main a effleuré la mienne. J'ai lu le titre : *Mon petit cœur imbécile**.

– Ça devrait te plaire, Ciprian...

Et le soir, dans le vacarme des radios, les gueulements des chiens, les braillements des bébés et les sifflements de

* *Mon petit cœur imbécile*, de Xavier-Laurent Petit, *l'école des loisirs*.

mon oreille, je lisais jusqu'à la nuit, accompagné de Robert-le-dictionnaire. Rien n'aurait pu me déranger. De temps à autre, je levais les yeux sur la silhouette émaciée de m'man, à demi effacée par la fumée de son feu. Depuis combien de temps n'avait-elle plus parlé ? Quel avait été son dernier mot ?... Et plus tard, lorsque la nuit m'empêchait de continuer, Vera me demandait de lui raconter ce que j'avais lu.

— Le plus simple, ce serait que tu apprennes à lire.

Mais elle secouait la tête.

— L'école, c'est pas fait pour nous. C'est une affaire de gadjé.

Je haussais les épaules.

— Et moi, alors ?...

— Toi, t'es un extraterrestre. Tu n'as pas le cerveau fait comme tout le monde.

Elle montrait Robert-le-dictionnaire.

— Je connais personne capable de passer des heures plongé dans ce gros machin plein de pages où il n'y a même pas d'images.

Faut dire qu'il ne me quittait plus. Il m'accompagnait au *Lusquembourg*, sautait avec moi par-dessus les portillons du RER (je savais maintenant comment l'écrire), et revenait tous les soirs au campement. Parfois il me servait de tabouret, parfois de table sur laquelle je posais le minuscule jeu d'échecs que madame Baleine m'avait offert et, quand je m'endormais, je le plaçais à côté de moi. Comme si les mots pouvaient profiter de l'obscurité pour migrer jusque dans mon crâne. J'en étais à la lettre « D » : « dactylographie », « derviche », « doris »... Le dernier mot, c'était « dytique », page 811, un drôle d'insecte que je me souvenais d'avoir vu dans des mares, à l'époque où on vivait avec Mammada et Găman. De temps à autre, je récitais quelques mots à voix basse, et Vera, les yeux levés au ciel, se vrillait l'index sur la tempe, histoire de montrer que, comme elle disait, je n'avais pas la tête faite comme tout le monde.

M'man non plus n'avait plus la tête faite comme tout le monde.

Un soir, alors que je revenais du *Lusquembourg*, elle a levé les yeux sur moi et son visage s'est éclairé d'un sourire. Elle m'a serré contre elle comme elle ne l'avait plus fait depuis une éternité.

– Dimetriu ! Enfin ! Comme je suis heureuse que tu sois revenu ! Je savais bien que tu finirais par nous retrouver. Maintenant, c'est terminé tout ça, tu restes avec nous, n'est-ce pas ? Promets-moi !

Elle pleurait, me serrait à m'étouffer et son corps semblait si fragile que j'avais peur de l'écraser.

– Mais qu'est-ce que tu racontes, m'man ? Je ne suis pas Dimetriu, regarde-moi ! Je suis Ciprian. Ciprian !

Je me suis dégagé de ses bras, elle m'a fixé comme si elle voyait à travers moi. Daddu ne bougeait pas, Vera nous jetait des coups d'œil inquiets.

– Ton frère ne va pas tarder, a-t-elle repris. Il a de drôles d'idées, tu sais... Il passe ses journées avec cette grosse femme et l'empereur Sigismond. Il apprend à lire dans de vrais livres de papier auxquels on ne comprend rien, nous autres. De drôles d'idées, je te dis. Où ça va nous mener, tout ça ?... J'ai peur, tu sais.

Voilà des siècles que m'man n'avait pas autant parlé, des siècles qu'elle ne m'avait pas serré dans ses bras. Mais tout était faux. Ce n'était pas à moi qu'elle parlait. Celui qu'elle voulait voir, c'était Dimetriu. Comme si je ne comptais pas... Les sifflements de mon oreille se sont brutalement réveillés et j'ai senti les larmes me monter aux yeux. M'man est retournée s'asseoir devant son feu, elle a jeté quelques bouts de planche et est repartie dans ses rêves.

Daddu a filé « travailler » sans un mot. Je me suis assis à côté de Vera.

— M'man est en train de devenir folle, non ?...

— Et toi, tu n'es pas fou, peut-être ? À passer toute la journée avec ton jeu auquel personne ne comprend rien, à apprendre des mots qui servent à rien et à lire des histoires qui n'existent même pas. M'man fait pareil. Elle s'invente des histoires dans sa tête. Elle a tellement envie de revoir Dimetriu qu'elle inventerait n'importe quoi.

Dimetriu... Même les superpouvoirs de Sigismond n'auraient pas suffi à le ramener. Mon frère avait été « raccompagné à la frontière », et, depuis, personne ne savait ce qu'il était devenu.

J'ai pressé les mains contre mes tempes pour faire taire les sifflements de mon oreille.

48

– Tu ne peux pas y aller comme ça.

Septembre est arrivé sans que je m'en aperçoive. Il ne restait que deux jours avant le tournoi, et madame Baleine m'observait de la tête aux pieds. Ma tignasse ébouriffée, mes baskets crasseuses, mon jogging troué et mon maillot Ronaldo tout élimé.

On est entrés dans un magasin dont je n'aurais jamais osé pousser la porte.

Je suis revenu au campement le plus tard possible pour éviter Daddu, mais il n'était pas encore parti. Avec Vera, ils sont restés un moment à me regarder, moi, mes baskets blanches, mon jean impeccable et ma chemise neuve. Vera a pouffé de rire.

– Tu es super beau, a-t-elle finalement lâché. On dirait un monsieur. Un petit monsieur, mais quand même… Le plus bizarre, ce sont tes cheveux. Tu leur as fait quoi ?

– Je suis allé chez une coiffeuse.

– Une vraie ?

J'ai hoché la tête. Madame Baleine m'y avait traîné, et une femme pointue avec des yeux noirs et un décolleté sur lequel je ne pouvais pas m'empêcher de loucher m'avait fait plein de trucs dans les cheveux avant de me demander si je me trouvais beau. Face à moi, dans le miroir, il y avait quelqu'un qui me ressemblait vaguement, mais ça ne pouvait pas être moi.

– Et c'est la grosse qui t'a payé ça ?

– Ne dis pas la grosse. Son vrai nom, c'est Martha. Martha Kolenkova.

– N'empêche qu'elle est quand même grosse, a lâché Vera avec un petit rire que je n'ai pas aimé. Si elle sait pas quoi faire de son fric, ta Baleine, elle peut aussi me payer le coiffeur, des vêtements neufs et tout le bazar. Faut pas qu'elle se gêne.

M'man s'est approchée, un sourire figé aux lèvres. Elle a effleuré mes cheveux peignés, mes vêtements neufs…

– T'es beau, Dimetriu. On voit que tu gagnes bien ta vie, maintenant.

Et elle est retournée à son feu sans rien ajouter.

Voilà des semaines qu'elle ne faisait rien d'autre que passer ses journées à regarder les flammes, les yeux dans le vague. Son feu. Il n'y avait plus que ça qui comptait. Même lorsque le soleil cognait sur les tôles des cabanons et que la chaleur devenait insupportable. Daddu tentait chaque jour de la faire manger, mais m'man avait d'autres choses en tête, et personne ne savait quoi.

Daddu a allumé une cigarette.

– C'est pour ton combat, que t'es habillé comme ça ? a-t-il demandé.

194

— Oui, mais c'est pas vraiment un combat, tu sais…
C'est un peu spécial. Ça va durer trois jours.

— Trois jours ! Et tu auras des adversaires ?

— Oui…

— Donc c'est un combat.

Il a attendu un peu avant de reprendre.

— Alors, avant tu y ailles, fils, il y a une chose qu'on
doit faire, toi et moi.

— Quoi ça ?

Il a souri en exhibant ses dents noires de tabac, et s'est
éloigné dans le soir qui tombait. C'était l'heure d'aller
« travailler ». J'ai regardé Vera qui a haussé les épaules en
signe d'ignorance. M'man s'en foutait, perdue au bout de
son monde. Personne ne savait ce que Daddu avait voulu
dire.

49

– Qu'est-ce qu'on vient faire ici ?

Daddu n'a pas répondu. Il faisait nuit et on était devant l'emplacement de l'ancienne Zone, là où l'on s'était installés en arrivant de Tămăsciu.

Tout avait changé. Je ne reconnaissais rien. Des grues avaient poussé là où le bidonville se dressait quelques mois plus tôt. Des poteaux de béton hérissés de ferraille sortaient de terre, les immeubles avaient été rasés et des projecteurs illuminaient le chantier comme en plein jour. Des palissades en bloquaient l'accès. Au loin, l'autoroute grondait et l'air vibrait au passage des avions. À l'autre bout du chantier, un train est passé dans un souffle.

Sur les palissades, des panneaux prévenaient les éventuels visiteurs :

Chantier interdit au public. Site protégé par des chiens.
Daddu ne savait pas lire, je l'ai retenu par le bras.

– T'inquiète ! a-t-il dit en escaladant la palissade. Viens !

On n'avait pas fait dix pas qu'on a entendu une

galopade. Des pattes contre la terre durcie du chantier. Les chiens nous fonçaient dessus. L'alarme de mon oreille s'est immédiatement déclenchée, suraiguë. J'ai porté les mains à mes tempes, et deux bêtes ont surgi dans la lumière des projecteurs, sans un aboiement, silencieuses comme des fantômes.

– Laisse-moi faire, a murmuré Daddu.

Et il s'est avancé à leur rencontre. Les mains grandes ouvertes, les paumes tournées vers les chiens qui grondaient à quelques pas de nous, le poil hérissé et les babines retroussées.

– *Stil*, a murmuré Daddu, les mains toujours tendues vers les chiens.

Stil... Le même mot qu'il utilisait avec Găman lorsqu'il se mettait à gronder. À lui seul, ce mot semblait avoir le pouvoir de calmer les bêtes. Un mot magique...

– *Stil*, a répété Daddu en s'accroupissant.

Toujours grondant, le plus proche des chiens s'est décidé et a fait un pas vers lui. Daddu ne bougeait pas. Le chien a fait un nouveau pas, puis un autre... jusqu'à venir lui flairer la main. L'autre s'est approché à son tour.

D'une voix grave, Daddu murmurait des mots que je n'entendais pas. Les grondements se sont calmés. Les chiens le reniflaient comme pour se persuader qu'il n'y avait rien de suspect dans cette paume tendue vers eux. Daddu les laissait faire, sans les toucher. Les chiens s'imprégnaient de son odeur. Il s'est redressé lentement. Les chiens se taisaient toujours, la tête levée vers lui, comme s'ils attendaient un ordre. Le vacarme de mon crâne s'est calmé.

– On y va.

Et les chiens nous ont accompagnés à l'autre bout du chantier, un peu à distance, comme s'ils étaient chargés de notre protection.

Daddu s'est arrêté au pied de la voie de chemin de fer. Il regardait autour de lui, furetait partout, cherchait quelque chose. Les chiens ne le quittaient pas des yeux. Il a fait quelques pas en comptant les traverses à voix basse et s'est accroupi.

– C'est là, a-t-il murmuré pour lui-même.

Il s'est agenouillé et a commencé à ôter une à une les pierres du ballast. Les chiens le flairaient, et moi je le regardais faire, incapable de comprendre où il voulait en venir.

Les rails ont vibré. Daddu s'est reculé et un train est passé dans un vacarme de tonnerre, soulevant une tempête de papiers et de plastiques. Les visages des voyageurs ont défilé à toute allure.

Daddu s'est remis au travail. Au bout de quelques minutes, il a sorti de terre un objet long, soigneusement enveloppé de plastique et de tissu. Il s'est redressé et l'a serré contre lui comme un trésor. Il a déroulé le plastique, puis le tissu, et son couteau est apparu à la lumière des projecteurs. Il l'a tiré de son étui. Ses doigts ont effleuré le manche d'ivoire, puis la lame. Malgré les semaines passées sous terre, elle n'avait pas un point de rouille.

– Normalement, c'est l'aîné de la famille qui hérite du couteau. C'est la tradition. Mais je ne sais pas où est Dimetriu et tu es le premier à combattre. Alors…

On s'est réfugiés dans un coin d'ombre, à l'abri des projecteurs. Daddu tenait le couteau serré contre sa poitrine.

– Mon père me l'a donné le jour de mon premier combat contre un ours, son père le lui avait donné à la veille de son premier combat. Pareil pour le père de son père… Les choses changent. Je ne comprends pas ce que tu fais, je ne sais pas contre qui tu vas te battre. Tout ce que je sens, c'est que c'est important.

Il m'a tendu le couteau.

– Tiens, fils. Il est à toi maintenant.

Il a déposé le couteau entre mes mains. Les chiens nous surveillaient toujours à distance. J'ai effleuré l'ivoire du manche, le fil de la lame, les barbillons… Je sentais le poids du couteau. Un train est passé, un avion s'est élevé dans le ciel, ses feux clignotants ont disparu dans les nuages.

– Pourquoi l'as-tu caché ?

Ma voix tremblait tandis que je posais la question.

– Un couteau n'a pas à raconter son histoire, Ciprian. Lui seul sait à quoi et contre qui il a servi.

En frémissant, j'ai glissé le couteau dans ma ceinture. La mort de Karoly faisait-elle partie de son histoire ?

Les chiens nous ont raccompagnés jusqu'aux palissades du chantier. On les escaladait lorsqu'une voiture de police a surgi devant nous. J'ai plongé d'un côté, Daddu de l'autre, et je me suis terré dans l'ombre. À quelques mètres de moi, les flics sortaient de leur voiture, leurs armes à la main. L'un d'eux appelait déjà des renforts par radio. Leurs torches balayaient l'obscurité. Je retenais ma respiration, mais les battements de mon cœur devaient s'entendre jusqu'à l'autre bout du chantier. Le faisceau d'une lampe m'a effleuré, je n'ai pas bougé, la main crispée sur le manche du couteau. Daddu restait invisible.

– Tu crois qu'ils se sont risqués de l'autre côté malgré les chiens ? a demandé une voix.

– Les salopards ! Merde ! Même les chiens ne les arrêtent pas. Ils ont dû les endormir, ou je ne sais quoi.

– On va voir ?

– Pas avant l'arrivée des renforts.

Un hululement a retenti dans l'obscurité. Une chouette.

Les policiers se sont retournés, leurs armes braquées sur la nuit.

– C'était quoi, ça ?

Ils regardaient autour d'eux, inquiets. Ce n'était pas un bruit des villes. Le hululement a repris, plus lointain. Seul Daddu savait imiter les chouettes à ce point. J'ai senti les battements de mon cœur se calmer.

Une seconde voiture de police est arrivée. Quatre hommes en sont descendus. Ils avaient leurs gilets pare-balles. Ils ont échangé quelques mots avec les autres avant de se répartir en deux groupes qui se sont éloignés chacun d'un côté de la palissade. L'un des groupes de policiers est passé si près de moi que j'ai senti l'odeur de leur sueur. Senti qu'eux aussi avaient peur.

Leurs voitures sont restées là, confiées à la garde d'un seul flic qui a allumé une cigarette en s'appuyant sur le capot de l'une d'elles. Où était Daddu ? Je ne pouvais pas rester là. Fallait que je le retrouve. Je me suis déplacé de quelques mètres en prenant soin de ne rien heurter. Un mouvement sur ma gauche ! J'ai sursauté. Une silhouette se déplaçait en même temps que moi dans l'obscurité. Toute proche. Elle s'est glissée à côté de l'une des voitures de patrouille. Daddu. Je l'ai rejoint en quelques instants. Le flic fumait toujours, assis sur le capot de l'autre voiture. Il regardait son téléphone. Les radios crachouillaient des phrases incompréhensibles, il ne nous avait pas entendus.

D'un geste, Daddu m'a montré le tableau de bord. Les clés étaient sur le contact, l'une des portières entrouverte. Il s'est glissé jusqu'au volant, je me suis faufilé à côté de lui.

À demi éclairé par les projecteurs du chantier, le flic avait toujours les yeux rivés à son portable. Daddu m'a adressé un sourire de gamin en train de faire une bêtise.

— Prêt ? a-t-il chuchoté.

Il a tourné la clé, enclenché une vitesse. La voiture a bondi sous les yeux effarés du flic et on s'est engagés en cahotant sur la route défoncée. Quelques secondes plus tard, la radio a retransmis les appels paniqués du policier et les réponses excédées du commissariat... On a abandonné la voiture quelques instants plus tard, sur le parking d'une gare de RER, et on s'est engouffrés dans le premier train qui passait, juste au moment où les gyrophares d'un véhicule de patrouille s'arrêtaient à côté de la voiture abandonnée. On a eu le temps de voir les flics en jaillir avant que le RER ne démarre.

Daddu a éclaté de rire en s'étalant de tout son long sur une banquette.

– Une bonne soirée, fils! On a vraiment passé une bonne soirée.

Mal à l'aise, les voyageurs regardaient s'esclaffer ce bonhomme tatoué de griffes d'ours et ce garçon maigre comme un coucou qui souriait face à lui, la main crispée sur le manche en ivoire d'un couteau qui semblait avoir traversé des siècles.

50

Le jour du tournoi est arrivé. Un vendredi. La première
«ronde» était prévue en début d'après-midi, mais le
Volkswagen est passé me prendre bien plus tôt.

— Il ne s'agit pas d'arriver en retard, répétait Sigismond en boucle.

Jamais je ne l'avais vu dans un tel état, redressant sans
arrêt son nœud papillon, agitant ses bajoues qui tremblo-
taient au moindre mouvement. Il ruisselait encore plus
qu'à l'habitude, aussi fébrile que s'il allait jouer. Madame
Baleine a salué Daddu et a tendu la main à Vera, qui a
détourné les yeux. Elle s'est approchée de m'man.

— Bonjour madame.

M'man se balançait d'avant en arrière, le visage rougi
par la chaleur, le regard rivé aux flammes qui léchaient les
planches. Elle n'a même pas levé les yeux.

Madame Baleine n'a pas insisté.

— Tu es prêt, Ciprian?

Elle a ajusté le col de ma chemise et a tenté de mettre
un peu d'ordre dans mes cheveux.

— Vous ne voulez pas nous accompagner, Lazar ? a-t-elle demandé à Daddu.

— Choses-là, pas pour nous, a grogné mon père. Juste Ciprian.

— Mais pas du tout ! C'est pour tout le monde. J'espère bien qu'un jour vous viendrez voir votre fils. Il est doué, vous savez !

La vérité, c'est que Daddu ne rêvait que de ça : assister à mon premier « combat » ! Sauf que pour lui, un combat, c'était une affaire de muscles et de poings. Comment son maigrichon de fils pouvait-il se battre avec ces petites choses étranges posées sur un damier noir et blanc ? Surtout s'il était prévu que le combat dure trois jours ! Mystérieusement prévenus, quelques habitants du campement se sont rassemblés devant notre cabanon. Personne ne savait vraiment de quoi il s'agissait, ni contre qui j'allais me battre, mais le bruit avait couru que le fils de l'Ursari partait pour son premier combat. J'imagine que la plupart ont été déçus de ne voir qu'un freluquet accompagné de Robert-le-dictionnaire et d'une femme obèse. Ils s'attendaient à autre chose. Des bracelets de force, un air farouche, voire même un ours que j'aurais sorti de je ne sais où… La réalité s'imposait : j'étais musclé comme un spaghetti et mon ours vivait à des milliers de kilomètres d'ici, dans des forêts si profondes qu'on pouvait s'y perdre à jamais. Madame Baleine, elle, souriait comme une reine à tous ces gamins crasseux, à ces sourires édentés et à ces femmes au visage tanné.

Daddu nous a accompagnés jusqu'au Volkswagen et m'a furtivement serré contre lui au moment où je montais, comme pour me transmettre sa force. Je me suis assis entre José et madame Beaux-Yeux, un peu gêné par mon dictionnaire mais plus encore par le couteau que Daddu m'avait aidé à fixer le long de ma cuisse. Madame Baleine et les autres auraient été terrifiés de savoir que sous mon beau pantalon neuf je cachais une telle arme. Le Volkswagen a démarré.

– Tu es sûr de vouloir l'emporter avec toi, Ciprian ? a demandé madame Beaux-Yeux en désignant Robert. Ça ne te sera pas très utile pendant le tournoi.

J'en étais à la lettre « G » (« galéopithèque », « glockenspiel », « gyroscope »…) et il n'était pas question que je l'abandonne. Même pendant un tournoi d'échecs.

La salle bourdonnait comme une ruche quand on est entrés. Des parents, des entraîneurs qui donnaient les derniers conseils aux joueurs, des organisateurs… Sur les tables, des échiquiers et des pendules de jeu.

Un monsieur en cravate malgré la chaleur m'a demandé mon nom.

– Ciprian Zidar… Par là. Table 15.

J'ai posé Robert-le-dictionnaire à mes pieds. Mon adversaire était un lunetteux au regard de chouette. Son père, un homme élégant, avec un petit crocodile sur la chemise, l'accompagnait et s'épongeait discrètement le front avec un mouchoir en tissu. Son portefeuille devait regorger de *zorros*. Exactement le genre de client que je recherchais à l'époque où Dimetriu m'apprenait à «emprunter». Pendant un instant, j'ai repensé à Daddu, avec son pantalon crasseux, ses dents noires et tous ses tatouages. *« Choses-là, pas pour nous... »* Peut-être avait-il raison.

Le père de la Chouette m'a détaillé de la tête aux pieds avant de chuchoter quelques mots à une femme qui se tenait à côté de lui ; elle m'a regardé à son tour et a hoché la tête en étouffant un rire. J'ai fait comme si je n'avais rien vu. Je connaissais ce genre de réaction. Les beaux vêtements que madame Baleine m'avait offerts n'y changeaient rien : mes cheveux, ma peau, mes yeux... tout, jusqu'à mes ongles noirs de terre, me désignait aussi sûrement que si j'avais un nez de clown. J'étais différent. *« Choses-là, pas pour nous... »* Mais il était trop tard pour filer.

Le micro a crachoté, un monsieur que tout le monde appelait «président» a souhaité la bienvenue aux joueurs avant de rappeler que le tournoi avait lieu en sept rondes, autrement dit, sept parties. Les deux premières aujourd'hui, les trois suivantes demain, et les deux dernières le surlendemain.

— Et maintenant, nous demandons aux parents et aux adultes de bien vouloir regagner leurs places, et à chacun de respecter le plus grand silence.

— Mot magique, Ciprian ? a murmuré José Fil-de-fer.

— Obcomréjouga. Observer, comprendre, réfléchir, jouer et gagner.

Il m'a adressé un clin d'œil et s'est éloigné de la table. L'arbitre a donné le signal du début, on aurait entendu une mouche voler. Chouette et moi nous sommes serré la main et la première partie a commencé. On n'a plus entendu que le bruit sec des pièces sur les échiquiers, le minuscule claquement des pendules de jeu et le ronflement des ventilateurs qui brassaient l'air chaud. Dès les premiers échanges, j'ai compris que Chouette n'était pas au niveau. Il donnait l'impression de déplacer ses pièces au hasard. Aucune stratégie, aurait dit José. À chaque coup, il appuyait sur la pendule et levait les yeux pour quêter l'approbation de son père qui n'avait pas l'air ravi de ce qui se passait sur l'échiquier. Ça a été réglé en vingt-deux coups.

– Échec et mat.

Je venais de gagner mon premier point. L'arbitre s'est approché pour s'assurer de ma victoire tandis que le père de Chouette me jetait des regards outragés. Il s'est épongé le front avec son petit mouchoir qui, maintenant, ressemblait à une serpillière, et je lui ai adressé mon sourire le plus innocent. Il a détourné les yeux. Je ne savais pas ce qui l'agaçait le plus, du jeu de son fils ou qu'il ait été battu par un adversaire tel que moi.

– Impeccable ! a fait José en m'ébouriffant les cheveux, que madame Baleine a immédiatement tenté de repeigner. Tu t'es débrouillé comme un pro. Mais pas de triomphalisme ! Ça ne sera pas aussi facile à chaque fois, je te préviens.

La deuxième ronde débutait dans plus d'une heure, j'avais du temps devant moi. J'ai ouvert Robert-le-dictionnaire. «Débrouillé», je connaissais parce que j'avais déjà fait la lettre «D». Le problème, c'était «pro». Je l'ai trouvé à la page 2015 : *«Personne qualifiée dans son métier.»* Ça me plaisait bien. J'allais chercher «triomphalisme» quand José a refermé le dictionnaire d'autorité.

– Tu regarderas ça plus tard. Détends-toi! Faut que tu sois en pleine forme pour la partie suivante.

Sans me préoccuper du regard noir qu'il m'a lancé, j'ai rouvert Robert-le-dictionnaire avec un grand sourire, et j'ai attaqué la lettre «H» («haro», «harpie»…) pendant que madame Baleine me massait les épaules comme s'il s'agissait d'un combat de boxe.

J'en étais à «hasard» lorsque a débuté la deuxième ronde, que j'ai remportée une heure et demie plus tard. Les échecs, c'est le jeu du monde dans lequel il y a le moins de hasard, disait José. Tout ne tient qu'à toi, et à ton adversaire. J'avais deux points au soir du premier jour de mon «combat».

Daddu s'est précipité vers le Volkswagen dès qu'il l'a aperçu.

– Alors?…

J'ai hoché la tête, il m'a serré contre lui. Là-bas, m'man disparaissait derrière la fumée de son feu.

– Alors tu leur as foutu la pâtée, à ces petits gadjé! C'est bien, fils! C'est bien!

– C'est pas tout à fait comme ça que ça se passe, Daddu. Mais j'ai deux points.

Il m'a jeté un regard déçu.

– Deux seulement?

La journée du lendemain, une journée à trois «rondes», s'est achevée sur un match nul. J'avais quatre points et demi et il me restait encore deux parties à jouer.

51

J'ai passé la nuit à me tourner et me retourner. La chaleur poissait et j'étais incapable de penser à autre chose qu'à ce qui m'attendait. Je me suis réveillé bien avant le petit jour. Comme s'il n'y avait rien de plus pressé, m'man fourrageait déjà pour rallumer son feu.

Vera s'est précipitée lorsque le Volkswagen est arrivé.

– Je accompagner vous ? a-t-elle demandé à madame Baleine avec un sourire radieux.

Yeux noirs, lèvres soulignées, rose aux joues... Elle avait travaillé son maquillage et déniché je ne sais où une robe rouge étourdissante. Elle se savait irrésistible et m'a adressé un clin d'œil.

– Je tiens à voir mon gringalet de frère gagner et mettre ses adversaires K.-O.

– Mais c'est pas vraiment un combat, Vera, c'est plutôt comme...

– Tais-toi, Cip. Et arrête de me prendre pour une crétine !

Et elle s'est installée d'office entre l'empereur Sigismond

et madame Beaux-Yeux. Je ne sais pas si c'était la chaleur ou la robe rouge de Vera, mais quand on est arrivés, on était tous aussi excités que si le tournoi était retransmis en mondovision.

Il faisait une chaleur de four dans la salle. Mon adversaire était déjà installé devant l'échiquier ; il avait un demi-point de plus que moi et deux grandes dents de devant qui lui donnaient un air de lapin.

Madame Beaux-Yeux m'a adressé un sourire d'encouragement, Sigismond s'est épongé le visage et Vera s'est sagement assise parmi les spectateurs, le plus près possible de ma table, sa robe rouge comme un grand coquelicot.

– Obcomréjouga, a murmuré José à mon oreille droite.

Lapin et moi nous sommes serré la patte, il jouait les blancs et prenait tout son temps pour réfléchir. La chaleur collait à la peau et les gens s'éventaient avec des journaux. Je jetais des coups d'œil à Vera et à sa robe rouge. Les yeux rivés sur l'échiquier, elle semblait ne pas perdre une miette de ce qui se passait. Je surprenais parfois un mouvement silencieux de ses lèvres. Elle chantonnait de façon imperceptible.

Podul de piatră sa dărâmat
A venit apa și la luat...

La chanson de Tămăsciu.

Au vingt-septième coup, Lapin a déplacé un pion et a appuyé sur l'horloge. Mon cœur a bondi et mon oreille gauche s'est soudain mise à siffler. Mon signal d'alarme personnel ! J'ai appuyé de toutes mes forces sur ma tempe pour la faire taire, mais elle n'a rien voulu savoir. Au regard qu'il m'a jeté, j'ai compris qu'il venait de s'apercevoir de son erreur. Sa seule chance, c'était que je ne me rende compte de rien. Rêve toujours ! José Fil-de-fer m'avait appris à analyser les positions sur l'échiquier. *Observer et comprendre. Réfléchir… Jouer !* J'ai discrètement effleuré la poignée de mon couteau avant d'avancer mon cavalier. Lapin a laissé échapper un soupir de désespoir. Sa reine était condamnée. Neuf échanges plus tard, il était mat. *Gagner !*

Vera a aussitôt compris ce qui se passait, elle a poussé un cri de sauvage en faisant tournoyer sa robe rouge, et tous les regards se sont tournés vers elle. Une salle d'échecs, côté silence, c'est comme une église. On y gagne et on y perd en silence. Sigismond m'a serré dans ses bras comme si j'avais remporté les championnats du monde : une expérience que je ne souhaite à personne de vivre tant il dégoulinait de sueur.

J'avais cinq points et demi et une faim de loup. José Fil-de-fer m'avait raconté que, pendant les tournois internationaux, les joueurs perdaient plusieurs kilos. Je n'étais pas un grand maître des échecs, mais j'ai englouti coup sur coup trois des énormes sandwiches de madame Baleine et deux chaussons aux pommes.

— On se demande où tu mets tout ça, a-t-elle fait en me regardant manger.

13 h 30. Dernière partie. Elle m'opposait à l'un des

deux joueurs du tournoi à n'avoir encore jamais perdu ni fait aucun nul. Ces deux-là avaient chacun six points. Pour gagner le tournoi, il fallait non seulement que je remporte la dernière partie, mais aussi que l'autre «six points» perde la sienne.

– Tu as toutes tes chances, m'a glissé José en s'éloignant de la table de jeu.

Vera m'a embrassé, ce qui n'était pas arrivé depuis des mois.

– Je te préviens, petit frère, si tu gagnes, je crie dix fois plus fort que tout à l'heure et je viens danser sur ta table ! On ne va pas se faire emmerder par des gadjé tristes !

Madame Beaux-Yeux s'est rapidement glissée derrière moi ; sa main s'est posée un instant sur mon épaule en laissant une très légère trace de son parfum dans l'air saturé de chaleur.

J'ai inspiré à pleins poumons lorsque l'arbitre a lancé le jeu. À travers le tissu de mon pantalon, je sentais le métal de mon couteau, mon oreille sifflait tout ce qu'elle savait. Sous mon crâne, la voix de Daddu résonnait :

Approchez mesdameszémessieurs, laidizégentlemannes ! Venez applaudir le spectacle unique au monde d'un homme luttant à mains nues contre un ours...

J'avais le couteau et j'étais un protégé de l'empereur Sigismond dont un avatar (un mot que j'avais depuis longtemps déniché à la page 194 de Robert-le-dictionnaire) m'assistait en personne. Je ne pouvais pas perdre. C'était tout simplement impossible.

Je jouais les blancs, j'ai avancé un premier pion... Et le monde a disparu autour de moi. La chaleur qui nous engluait, le silence de la salle, le léger claquement des pendules de jeu, les sifflements de mon oreille... J'ai tout oublié. Je ne vivais plus que sur l'échiquier, les yeux rivés aux soixante-quatre cases du damier, environné de mes pièces et de celles de mon adversaire, comme de minuscules personnages bien vivants. De temps à autre, je buvais une rasade de diabolo menthe à même le thermos de madame Baleine et je dévorais l'un de ses chaussons aux pommes, dont elle semblait avoir une réserve inépuisable.

Deux heures et quarante-trois minutes plus tard, j'ai émergé en entendant le rugissement de l'empereur Sigismond au moment où je déplaçais ma tour : mon adversaire était mat, et l'autre « six points » venait de perdre sa partie.

J'étais le vainqueur du tournoi. Vera a tournoyé sur elle-même en poussant un hurlement de victoire qui a réveillé toute la salle assoupie sous la chaleur.

Je ne sais plus très bien ce qui s'est passé ensuite. Je ne me rappelle que du baiser que madame Beaux-Yeux a déposé sur ma joue. Le reste est flou. Je me souviens d'être monté sur une estrade, les projecteurs m'éblouissaient et les gens applaudissaient. J'ai gagné un vase affreux et un diplôme qu'il a fallu réécrire parce que je ne m'appelle pas « Cyprien », mais « Ciprian ».

Le couteau de Daddu battait contre ma cuisse et je venais de remporter mon premier « combat ». J'allais pouvoir l'annoncer à Daddu et à m'man, même si elle ne s'intéressait plus à rien.

— Je crois que ça fait peu de temps que tu es arrivé en France, Ciprian, a commencé le président en me remettant le diplôme. De quel pays viens-tu ?

Il m'a braqué un micro sous le nez. Jamais je n'avais parlé là-dedans. Je ne savais pas très bien quoi répondre.

— Du *Lusquembourg*, ai-je dit au bout d'un moment.

52

Je suis ressorti de la salle étourdi par la lumière et suffoqué de chaleur. Je venais de remporter mon premier « combat ». Monsieur Hibou et son fils Chouette ont regardé passer le drôle de groupe qu'on formait : une grosse, un énorme, un immense, une belle, un coquelicot et un gringalet. L'été oubliait de céder sa place à l'automne et un vent brûlant balayait le parking. Des nuages de poussière tournoyaient comme de minuscules tornades entre les voitures.

Le ciel laiteux semblait chauffé à blanc, mais il faisait presque frais en comparaison de ce qui nous attendait à l'intérieur du Volkswagen. Un four ! Serrant d'un côté Robert-le-dictionnaire et de l'autre mon vase affreux, je me suis assis du bout des fesses sur le skaï brûlant des sièges. Toujours fixé le long de ma cuisse, le couteau me démangeait affreusement. L'autoroute était bondée, on roulait au pas et l'air vibrait de vapeurs d'essence. Personne ne disait un mot. Nous étions tous trop accablés de chaleur pour faire seulement l'effort de parler. Vera s'est assoupie sur mon épaule, presque aussi exténuée que moi par le tournoi. J'ai senti mes yeux se fermer sans chercher à résister.

Bien plus tard, lorsque j'ai ouvert un œil, le soleil déclinait et José tapotait sur son smartphone.

– Je viens de t'inscrire à de nouvelles compétitions, a-t-il fait en se tournant vers moi. Dont une au niveau national… On va travailler ça sérieusement, et puis tu…

– Ça sent le brûlé, non ? a coupé madame Baleine alors qu'on approchait de la Zone.

On a humé l'air surchauffé, le nez dressé vers le ciel comme Găman lorsqu'il se mettait en quête de nourriture. Elle avait raison. Le vent charriait des relents de fumée, et de minuscules paillettes noires flottaient dans l'air. Une colonne de fumée s'élevait au loin. Exactement au-dessus de la Zone.

– Merde ! a grondé madame Baleine.

J'ai échangé un regard avec Vera. Poussés par le vent, des tourbillons de fumée balayaient le ciel et nous apportaient l'écho des sirènes. Il m'a semblé que je me vidais de moi-même, comme si je n'étais plus qu'une enveloppe creuse. Une véritable tempête s'est levée sous mon crâne, mes oreilles hennissaient comme des chevaux emballés. Le souffle court, j'ai pressé mes poings contre mes tempes sans parvenir à les faire taire. Vera s'agrippait à moi, muette, le visage contracté. À mesure qu'on approchait, l'air s'encrassait, des nuages de poussières calcinées voletaient autour de nous. Il faisait aussi sombre que si la nuit venait subitement de tomber. Au moment où le Volkswagen s'engageait dans le chemin défoncé qui menait à la Zone, des flics nous ont arrêtés.

— On ne va pas plus loin, a ordonné un flic. Personne passe ! Cette saloperie de bidonville est en train de cramer. Pensez ! C'est rien que du bois, du carton, du plastique, des saletés... Avec cette chaleur, ça brûle comme du papier. Une femme qui a foutu le feu, à ce qu'il paraît.

Mon cœur cognait comme pour s'échapper de ma poitrine. J'ai ouvert la portière à toute volée et, avant que qui que ce soit ne songe à me retenir, j'étais loin.

— Cip ! Attends-moi ! a hurlé Vera.

— Hé ! Vous deux ! a braillé le flic. Qu'est-ce que vous faites ? Revenez tout de suite sinon je...

Je galopais vers le campement, Vera à mes trousses. Des camions de pompiers et de police encerclaient la Zone, les gyrophares palpitaient à travers la fumée, les pompes grondaient... Moi, je fonçais droit devant moi, j'enjambais les tuyaux, me glissais entre les pompiers, évitais les flics qui tentaient de me barrer le chemin. Je slalomais entre eux, les prenais à contre-pied... Une vraie savonnette. J'avais gardé l'entraînement du temps où je « travaillais » dans le métro et personne n'aurait pu m'arrêter. Je ne savais plus trop si Vera me suivait toujours.

— Daddu ! *Unde eşti ?...* M'man !... *Unde eşti ?...*

Je hurlais comme un dément. J'ai pilé en arrivant au pied du bidonville. Ou plutôt, de ce qu'il en restait. Le bras levé au-dessus du visage pour me protéger, les poumons brûlés par la chaleur et les yeux écarquillés de terreur, je regardais le désastre. Attisées par le vent, les flammes grondaient comme des fauves. Elles dévoraient tout. Les cartons, les plaques d'aggloméré, les palettes de bois, les bâches... La chaleur était intenable. Le visage recouvert de masques, les pompiers arrosaient les alentours du campement pour que le feu ne se propage pas alors que nos cabanons disparaissaient un à un. « *Une femme qui a foutu le feu...* » M'man pouvait-elle être responsable de tout ça ? Où était-elle ? Et Daddu ? Où étaient les autres ?...

À travers la fumée, il m'a semblé apercevoir la robe rouge de Vera. Les flics la ceinturaient tandis qu'elle se débattait comme une diablesse.

J'ai réussi à repérer l'emplacement de notre cabanon au milieu des flammes. Un peu plus haut, j'ai cru voir une silhouette. J'ai hurlé.

– Daddu ! M'man !

Je me suis élancé. L'un des pompiers a tenté de me retenir. Cours toujours !

La fumée m'asphyxiait. Je haletais, les poussières m'aveuglaient, je voyais à peine où mettre les pieds, pas même certain d'aller dans la bonne direction, mais il fallait que j'avance.

– Daddu ! M'man !

Seul le ronflement des flammes me répondait.

Incapable de reprendre souffle, je me suis recroquevillé sur moi-même. Une esquille brûlante m'a effleuré la joue, le vacarme de mes oreilles s'amplifiait de seconde en seconde. Une bourrasque de cendres m'a aveuglé...

Impossible de faire un pas de plus. Fallait que je revienne. Je me suis retourné. Où aller ? J'étais environné de flammes, ne voyais plus rien. Savais plus dans quelle direction aller.

– Daddu ! M'man !...

Une explosion sourde a couvert le ronflement de l'incendie. Une douleur à couper le souffle m'a vrillé les oreilles. Comme si la déflagration avait eu lieu sous mon crâne. Devant moi, quelque chose s'est écroulé dans un craquement. J'ai été projeté en l'air.

Et tout a basculé dans le noir.

53

Podul de piatră sa dărâmat
A venit apa și la luat
Vom face altul pè riu, în jos...
Le pont de pierre s'est écroulé
L'eau est venue et l'a emporté
On en construira un autre sur la rivière...
La voix de Vera... La chanson de Tămăsciu. Sa préfé-
rée. J'ai ouvert les yeux. Et je n'ai rien vu. Un truc me
collait au visage, une espèce de ventouse plaquée contre
ma bouche, mon nez, mes yeux. J'ai tenté de l'arracher.
La chanson de Vera s'est immédiatement arrêtée et j'ai
reçu une petite tape sur la main.
— Pas touche ! Sinon t'es mort !
Le visage de Vera est enfin apparu au-dessus de moi.
— *Ce se întâmplă ?* ai-je murmuré. Qu'est-ce qui s'est
passé ?...
Ma voix résonnait bizarrement. Le rire de Vera a
décollé vers les aigus.
— Rien. Il ne s'est rien passé. Juste que t'es vivant.
Depuis le temps, tu devrais t'y être habitué.

Je me suis alors rappelé. L'incendie, les flammes, la chaleur, l'explosion…

— Je suis mort ?

— Mais t'es con ou quoi ? Puisque je te dis que t'es vivant. La preuve, c'est que tu racontes n'importe quoi.

Je me suis à demi redressé. La pièce était blanche, impeccablement propre. Un tube sortait du masque que j'avais sur le nez et filait jusqu'à une machine qui soupirait en permanence. Une aiguille était plantée dans mon bras droit, reliée à une bouteille qui pendouillait au-dessus de mon lit, et une fourmilière semblait s'être installée dans mon bras gauche. Quand je l'ai regardé, il était enveloppé d'un plâtre. J'avais aussi quelques pansements sur les mains.

— Ce truc, a fait Vera en désignant la bouteille, c'est pour que tu n'aies pas mal. Le plâtre, c'est parce que tu t'es cassé le bras en tombant, et le tuyau, c'est pour que tu respires. Rien de grave puisque t'es même pas mort. T'es à l'hôpital, Cip. C'est beau, hein ! On dirait un château. Avec des couloirs, des princesses infirmières et des princes docteurs. Y en a un qui est vachement beau.

Elle a virevolté sur elle-même en chantonnant. Elle a ouvert une porte.

— Et regarde ! T'as même des cabinets et une douche ! Quatre étoiles !

— Et Daddu ?… M'man ?…

— On est tous vivants. Mais tu n'y es pour rien. T'es même le seul abruti à t'être précipité vers les flammes. Faut vraiment être con comme mon frère pour faire un truc pareil ! Tu as eu de la chance. Quand la bouteille de gaz a explosé, le souffle a soulevé une planche qui t'a protégé des éclats. Sans elle, pfffft ! Plus de Ciprian ! T'es bien un peu cramé, mais pas trop. Un peu cassé aussi, mais ça va se recoller. Le problème, c'est plutôt tes poumons. Le médecin dit que t'as inspiré tellement de fumée, de suie et de goudron qu'à l'intérieur de toi ça ressemble au moteur de Mică. Il a fallu faire le ménage, te ramoner. C'est pour ça que tu respires avec ce truc.

Vera s'est vissé le doigt sur la tempe.

— Moi qui croyais que j'avais le frère le plus intelligent de la terre... La vérité, c'est que j'ai hérité du plus crétin. Le seul imbécile au monde capable de se précipiter au milieu des flammes !

Sa voix s'est mise à trembler. Ses yeux se sont remplis de larmes.

— Mais qu'est-ce qui t'a pris, Cip ? T'aurais pu en crever.

— Je voulais retrouver Daddu... Et m'man...

— Mais y a quoi dans ton petit crâne d'apprenti gadjo ? Tu imagines peut-être que tu es un superhéros ? Il y avait plein de pompiers partout. Tu crois qu'ils ont attendu Super-Ciprian pour mettre les gens à l'abri ? Avec tes muscles en chewing-gum, t'aurais même pas pu sauver une libellule !

— Et Daddu, et m'man ?...

Vera n'a pas répondu tout de suite. Elle s'est essuyé la joue en regardant par la fenêtre.

— Tiens, v'là la Baleine et l'autre gros lard qui déboulent.

Elle s'est retournée vers moi.

— On a quand même des petits soucis, Cip.

Sa voix a baissé d'un ton.

— M'man d'abord… Elle va pas bien. Toi, c'est les poumons, elle, c'est la tête. Partie en fumée, elle aussi. Elle est dans un hôpital spygiatrique ou je ne sais quoi. Ils la bourrent de médicaments pour soigner l'intérieur du cerveau. Et puis il y a Daddu…

Je me suis redressé.

— Daddu ?…

La machine à respirer me faisait une voix de canard. On a entendu les pas de madame Baleine et de l'empereur Sigismond dans le couloir. La marche des éléphants…

La voix de Vera s'est tendue un peu plus. Un chuchotement tout juste audible.

— Ton gros tas d'empereur t'expliquera ça, a-t-elle soufflé. Fais gaffe, Cip ! Il est pas clair, ce gros lourdaud ! Moi, pour l'instant, je suis hébergée chez la Baleine, mais ça va pas durer.

Madame Baleine et Sigismond sont entrés en même temps qu'une infirmière.

— On dirait que ça va mieux, a fait cette dernière. Si tu as mal, j'augmente un peu le débit.

Elle montrait la bouteille suspendue au-dessus du lit.

— Ça me picote le bras, mais ça va… Faut vraiment que je garde ce truc sur la bouche ?

– Interdiction d'y toucher, jeune homme ! T'en as encore au moins pour deux jours. Mais je vois que tu as de la visite. Je repasserai tout à l'heure.

Madame Baleine et Sigismond ont esquissé un sourire. J'ai tout de suite senti que quelque chose clochait.

– Pas trop fatigué, Ciprian ? a demandé Sigismond.

J'ai fait non de la tête.

– Alors je peux te parler ?

J'ai fait oui de la tête.

– Seul à seul, ce serait mieux.

– On y va, Vera ? a demandé madame Baleine.

Au petit signe que Vera m'a lancé en sortant, j'ai compris qu'elle était au courant. Mais de quoi ?...

Sigismond s'est assis avec précaution sur l'unique chaise de la chambre, si fragile qu'elle a semblé s'écraser sous son poids.

Il s'est penché vers moi.

– On a un problème, Ciprian...

54

L'empereur Sigismond me fixait avec des yeux que je ne lui avais jamais vus. De petits yeux aigus qui semblaient se vriller jusqu'au plus profond de moi. Directement sur le cerveau.

— Ce sont les pompiers qui t'ont tiré de là-bas. Mais dans l'ambulance, quand ils t'ont déshabillé pour te soigner, ils ont trouvé ça sur toi… attaché le long de ta cuisse.

J'ai senti mon ventre se contracter.

Il a tiré un ordinateur de son sac, l'a allumé et a tourné l'écran vers moi. C'était une photo du couteau que Daddu m'avait donné. Le couteau d'Ursari. Il a fait défiler d'autres photos. Le même couteau, pris sous tous les angles.

— Tu sais ce que c'est ?

J'ai hoché la tête.

— Raconte.

— C'est le… le couteau de notre famille.

— Une famille d'Ursaris, c'est ça ?… C'est sur ce nom qu'on est tombés en faisant des recherches. Des dresseurs d'ours… C'était le métier de ton père, je crois. Explique-moi. On a retrouvé ça sur le Net.

Monsieur Sigismond est passé à la photo suivante, sans doute prise par l'un des rares touristes dont on avait croisé la route. Daddu torse nu, luttant corps à corps avec Găman, sur la place d'une ville que je ne reconnaissais pas. Le couteau était fixé à sa ceinture, bien en évidence.

— Il appartient à ton père, ce couteau ?

— Non. À moi.

— À toi ? Tu en es sûr ?

Sigismond fronçait les sourcils.

— Oui… Mon père me l'a donné.

— Quand ça ?

— Juste avant le tournoi d'échecs. Ça se passe comme ça, chez nous. Le couteau se transmet de père en fils. Juste avant le premier combat. Normalement, c'est contre un ours, mais là… Daddu s'est imaginé que le tournoi d'échecs, c'était comme un vrai combat. Alors il me l'a donné.

— Donc, il y a trois ou quatre jours, ce couteau était encore à ton père.

Ce n'était pas une question. Je n'ai rien répondu. Monsieur Sigismond a glissé un doigt entre son cou et le col de sa chemise, comme pour permettre à l'air de passer.

— Karoly. Karoly Lupesco. Ce nom-là te dit quelque chose ?

Je me suis refermé comme une huître.

— À ton regard, je vois que tu connais. Mais tu n'as pas très envie d'en parler, hein ?

Il a légèrement bougé, et la chaise a poussé un gémissement.

— Tu te rappelles la mort de Karoly...

Là encore, ce n'était pas une question. Sigismond s'est tu un moment.

— Il a été assassiné, a-t-il repris. La gorge tranchée avec un couteau. Les experts de la police scientifique ont examiné ses blessures. En les observant, ils peuvent savoir exactement quelle arme a été utilisée. La longueur de la lame, son épaisseur, son affûtage, la façon dont les coups ont été portés... Et ce qu'ils ont découvert sur les blessures de Karoly leur permet d'être certains d'une chose : le couteau qui l'a tué est très semblable à celui qu'on a retrouvé sur toi.

Monsieur Sigismond s'est tu le temps que je digère ce qu'il venait de dire.

— Tellement semblable que c'est sans doute le même. La suite, tu la devines. Le principal suspect, pour l'instant, c'est le propriétaire du couteau. Ton père. Il ne veut rien dire aux policiers qui l'interrogent. Ta sœur non plus. Quant à ta mère, elle n'est pas en état de répondre. Alors il n'y a plus que toi.

J'ai fermé les yeux. Mais je ne pouvais pas fermer mes oreilles.

— Je ne te demande pas de dénoncer ton père, a-t-il repris. Juste de me dire ce que tu sais. À l'heure actuelle, les spécialistes travaillent toujours sur ton couteau. Est-ce que c'est exactement celui qui a « servi » pour Karoly ?

Ou s'agit-il seulement d'un couteau semblable ?... On le saura bientôt. Mais dans un cas comme dans l'autre, il faut que tu me dises ce qui s'est passé la nuit où Karoly est mort. Il faut aussi que tu me dises si tu connais d'autres gens qui ont le même genre de couteau. D'autres Ursaris.

Impossible de gommer l'énorme présence de Sigismond. Mes oreilles sifflaient et bourdonnaient comme un essaim d'abeilles.

— Si tu ne parles pas, a ajouté Sigismond, je ne pourrai rien pour ta famille.

J'ai rouvert les yeux.

— Tu es qui ?

Il a laissé échapper un rire, ses grosses joues molles ont trembloté.

— Tu ne réponds pas à mes questions, mais tu aimerais bien que je réponde aux tiennes, c'est ça ?... Aujourd'hui, je suis un simple retraité.

— Retraité ?...

Robert-le-dictionnaire avait disparu je ne sais où, et je n'en étais pas encore à la lettre « R ».

— Ça veut dire que j'ai dépassé l'âge de travailler. J'ai désormais tout mon temps pour jouer aux échecs. Mais il y a encore quelques mois, j'étais flic.

J'ai failli arracher mon masque.

— Flic !

Monsieur Sigismond a hoché la tête.

— Eh oui, Ciprian ! Et même une sorte de chef des flics. On appelle cela un préfet. J'étais préfet de police.

Normalement, je ne devrais même pas te parler de cette histoire de couteau. Ce n'est plus mon travail. Mais quand j'ai appris ce qui se passait, et comme on se connaît un peu, toi et moi, j'ai proposé à mes anciens collègues de servir d'intermédiaire.

Encore un mot que j'ignorais, mais j'ai deviné.

– Je préférais quand tu étais empereur.

Il y a eu un moment de silence. On n'entendait que le souffle un peu inquiétant du respirateur.

– Dans ma famille, on a toujours eu des problèmes avec les flics.

– Je sais. Mais ce n'est pas une fatalité, Ciprian. Je sais aussi que tu es quelqu'un de bien. Et Vera également. Et tes parents... Je peux vous aider, mais tout seul, je n'arriverai à rien. Tu dois m'aider à vous aider.

Fatalité... J'ai retrouvé dans le palais de ma mémoire le chemin qui menait à la pièce des « F » (« fibule », « fissile », « funiculaire »...). Fatalité : page 1039 de Robert-le-dictionnaire. *« Force... par laquelle tout ce qui arrive est déterminé de façon inévitable. »*

Rien n'était décidé d'avance.

55

L'infirmière observait une à une les brûlures de mes mains.

— Rien que des bobos. Tu t'en tires bien, Ciprian. Dans quelques jours, tu ne sentiras plus rien. Ton bras va se réparer tout seul. Restent les poumons. On te garde encore quelques jours en observation, le temps de s'assurer que tout fonctionne.

Elle allait partir lorsqu'elle s'est retournée.

— J'allais oublier. Le gros monsieur au nœud papillon est venu te voir pendant que tu dormais. Il ne pourra pas repasser aujourd'hui, mais il a laissé ça pour toi...

Elle m'a tendu un téléphone et une carte avec le numéro de Sigismond-le-flic. Ou de l'empereur Sigismond. Je ne savais plus trop. Un Samsung délabré que même Dimetriu n'aurait pas eu l'idée de voler.

— Il paraît que tu peux l'appeler quand tu veux. Même en pleine nuit. Sauf que moi, la nuit, je préférerais que tu dormes. Alors, si tu as quelque chose à lui dire, appelle-le maintenant.

J'ai tourné et retourné le téléphone dans tous les sens. Fallait que je réfléchisse à ce que j'allais raconter. Robert-le-dictionnaire me manquait, il m'aurait aidé à trouver les bons mots.

Madame Beaux-Yeux devait s'en douter. Elle est arrivée en fin d'après-midi, accompagnée de Vera et de Robert-le-dictionnaire.

– Tiens, a-t-elle fait en le posant sur le lit, je rapporte ton copain. Comment te sens-tu, Ciprian ?

Elle m'a touché le front comme pour s'assurer que je n'avais pas de fièvre. J'ai senti ma respiration s'accélérer, le respirateur m'a trahi en gargouillant. Sa main sur ma peau, c'était le meilleur des médicaments. J'aurais volontiers arraché le respirateur qui m'empêchait de sentir l'odeur de son parfum. Vera restait près du seuil, une petite sacoche à la main. Elle a évité mon regard.

– Salut Vera. Tu as quoi là-dedans ?

Elle a rougi comme une gamine prise en faute.

– Son cahier, a dit madame Beaux-Yeux.

– Un cahier ! Qu'est-ce que tu fais avec ça ?

Silence obstiné.

– La même chose que toi, Ciprian, a repris madame Beaux-Yeux. Elle apprend à lire. Dans ma classe.

Le visage de Vera a viré au rouge écrevisse.

– C'est ta Baleine qui m'oblige à y aller, a-t-elle grogné. Elle m'a dit qu'elle ne m'hébergeait que si j'acceptais d'aller à l'école. Sinon, les flics me flanquaient dans un foyer !

— Je repasserai te voir, Ciprian, a dit madame Beaux-Yeux dans un sourire. Je te laisse avec ta sœur. Je crois que vous avez à parler, tous les deux.

On a attendu que ses pas s'éloignent dans le couloir.

— T'as tout raconté au gros flic ? a demandé Vera en me jetant un regard venimeux. T'es de leur côté, maintenant, c'est ça ?

— Je n'ai rien raconté du tout. Mais il m'a laissé ça, ai-je fait en montrant le téléphone.

Vera ne lui a jeté qu'un coup d'œil avant de ricaner.

— C'est une vieille saloperie. Une antiquité. On n'en tirera pas un rond.

— Il ne s'agit pas de le vendre, Vera. Il veut que je l'appelle. Que je lui raconte ce que je sais. Sur Karoly... Et sur le reste. Ce qui s'est passé cette nuit-là.

— T'as rien à raconter, Cip. Rien à dire. T'étais pas là.

— Alors vas-y, toi ! Appelle-le !

Je lui ai tendu le Samsung. Vera a reculé d'un pas.

— Non. Karoly était une ordure. Et puis je ne parle pas assez bien français.

Elle a détourné la tête. On est restés un moment en silence. Le respirateur soufflait comme une grosse bête assoupie, des pas résonnaient dans les couloirs.

— Tu crois que... a repris Vera. Tu crois que Karoly, c'est Daddu qui l'a... ? Avec le couteau ?...

— Sais pas. Tout ce que je sais, c'est que cette nuit-là...

Je lui ai raconté ce que j'avais vu. Daddu... Le couteau... La voix de Razvan dans la nuit... Assise sur le lit,

233

Vera plissait les yeux, comme si elle cherchait à voir au plus profond de moi. Elle a brusquement posé la main sur le respirateur, comme pour bloquer l'arrivée d'air.

– Tais-toi ! a-t-elle crié. La vérité, c'est que tu dormais ! T'as rêvé. Rien vu du tout !

Elle n'avait pas tort.

De nouveau le silence. Le sifflement du respirateur. Les bruits du couloir. Et soudain, la sonnerie du téléphone. On a sursauté l'un et l'autre.

Le téléphone sonnait sur la couverture. On le regardait comme un animal venimeux, sans oser y toucher.

La sonnerie s'est arrêtée, suivie quelques secondes plus tard d'un petit « ting ».

– L'Énorme t'a laissé un message, a murmuré Vera.

J'ai mis le haut-parleur. La voix de Sigismond s'est glissée dans la chambre.

J'ai des nouvelles, Ciprian. Rappelle-moi.

– C'est un flic, a fait Vera, oublie pas, Cip ! Il veut te piéger. Faut pas le rappeler.

Le téléphone a de nouveau sonné. Sans regarder Vera, j'ai appuyé sur le petit bouton vert. La voix de Sigismond a semblé surgir de nulle part.

– Ciprian, je sors des labos de la police scientifique.

Pendant un moment, on a entendu le souffle du gros homme.

– Je suis dans un taxi. J'arrive à l'hôpital dans un instant. Dis à ta sœur de m'attendre. Je sais qu'elle est avec toi.

Un flic, même un vieux, ça sait tout.

56

À son habitude, Sigismond est arrivé hors d'haleine, ruisselant et le nœud papillon de travers.

— L'ascenseur est bloqué à l'étage, a-t-il haleté en
s'épongeant le front. J'ai dû prendre l'escalier.

La chaise a craqué lorsqu'il s'est assis dessus. Il s'est
relevé précipitamment, a disparu dans le couloir et est
revenu quelques instants plus tard avec une chaise roulante. Il s'est laissé tomber dessus et s'est de nouveau
essuyé le visage.

— Pour commencer...

Ses yeux allaient de Vera à moi pour revenir sur Vera.

— Les experts ont examiné le couteau de ton père.
C'est peut-être ce couteau qui a servi à tuer Karoly. Ou
peut-être pas... Certaines traces coïncident, d'autres non.
Ils ne sont sûrs de rien.

Sigismond a marqué un temps d'arrêt avant de
reprendre.

— Mais si ce n'est pas celui-là, c'était un couteau très
semblable. Qui étaient les autres Ursaris du campement?

Tu dois me le dire, Ciprian, ça peut aider à disculper ton père.

« *Un couteau très semblable…* » J'ai revu le couteau de Razvan, avec la tête d'ours sculptée sur le manche. Lui et Daddu étaient toujours fourrés ensemble…

– Qu'est-ce qu'il a dit, le gros tas ?

J'ai rapidement traduit pour Vera qui n'avait pas lu Robert-le-dictionnaire et ne savait ce que signifiaient ni « expert », ni « examiné », ni « semblable », ni « disculpé », ni la moitié des mots que Sigismond utilisait.

Je me suis retourné vers lui.

– Alors, si je comprends bien, Daddu n'est plus accusé ?… Il est libre ?

– Tu n'as pas répondu à ma question, a grogné Sigismond.

– Toi non plus !

De nouveau le souffle du respirateur, les bruits du couloir.

– Pour ton père, a enfin dit Sigismond, c'est compliqué. Il reste un suspect possible. Il sera peut-être libéré faute de preuves, rien n'est certain. Mais même s'il est libéré, il y a autre chose… Tes parents font l'objet d'une OQTF. Donc toi et ta sœur aussi…

Aucun souvenir d'avoir croisé un mot pareil entre les pages de Robert-le-dictionnaire.

– Qu'est-ce que c'est « aucutéheffe » ?…

– Ça veut dire « Obligation de Quitter le Territoire Français ». Vous allez être obligés de repartir chez vous.

– Mais puisque ce n'est pas son couteau ! Tu l'as dit.

– Non. Je n'ai pas dit ça. J'ai dit que, pour l'instant, les experts ne pouvaient pas se prononcer. Mais il y a tout le reste, Ciprian. Tes parents n'ont pas les papiers qui leur permettent de vivre ici ; et ton père ne s'est pas gêné pour voler de la ferraille et la revendre, sans compter que…

À voix basse, j'ai traduit pour Vera qui a craché quelques phrases en regardant Sigismond droit dans les yeux.

– Qu'est-ce qu'elle dit ?

– Elle dit que ce n'est pas du vol.

Sigismond a souri.

– Elle a dit bien plus que ça, Ciprian… Traduis tout.

J'ai détourné les yeux.

– Je sais que c'est une traduction. Ne t'inquiète pas.

– Elle dit que… que tu es riche comme un cochon. Qu'il faut beaucoup d'argent pour manger comme dix personnes. Nous, on a juste besoin d'un peu d'argent pour vivre, et vivre, c'est pas du vol.

Sigismond a soupiré en jetant un regard aux boutons de sa chemise qui s'écartaient sous les replis de son ventre.

– Elle a dit aussi autre chose ?

– Non… Le reste, c'est moi qui le dis. Si tu nous renvoies là-bas, on est morts. Chez nous, les gens nous méprisent encore plus qu'ici. Parce qu'on ne vit pas comme eux, qu'on n'a pas de maison, qu'on ne leur ressemble pas. On n'est que des Ursaris. Des moins que rien. C'est pour ça qu'on est partis. Mais il y a plus grave…

— Quoi donc ? a demandé Sigismond.

— Zslot et Lazlo. C'est pour eux que travaillait Karoly. Pour eux aussi que travaillaient Mikhaïl et Razim. Ils ont avancé l'argent pour qu'on arrive ici. On leur doit beaucoup d'argent. Vraiment beaucoup. Des dizaines de milliers de leiki. Bien plus que toute la ferraille de Daddu. Si on rentre, ils le sauront vite. Et alors...

— Et alors ?...

— Alors Karoly était leur représentant ici. Leur chien de garde. Il est mort. Et s'ils croient que nous l'avons tué, ils nous tueront aussi.

Sigismond a poussé un soupir en se laissant aller au fond du fauteuil.

— Et tu veux nous repartir là-bas ! a hurlé Vera. Tu assassin !

Une infirmière est entrée et nous a jeté un coup d'œil soupçonneux.

— Tout va bien ?

— Oui, oui... a grommelé Sigismond. On réfléchit.

— Alors réfléchissez moins fort... C'est un hôpital, ici, monsieur.

57

Le soir même, une heure avant la fin des visites, madame
Baleine est entrée dans ma chambre accompagnée de José
Fil-de-fer. Madame Beaux-Yeux nous a rejoints un peu
plus tard. L'empereur est arrivé le dernier. Il a casé ses
grosses fesses sur la chaise roulante et a appelé ça un
conseil de guerre.

Il a résumé la situation. Daddu était toujours soup-
çonné. Et même s'il sortait de prison, la procédure
d'expulsion était déjà en marche. Tout se résumait donc à
une question : comment faire pour que Daddu, m'man,
Vera et moi restions malgré tout en France ?

– Légalement, a ajouté Sigismond.

Entre-temps, il avait collecté des renseignements sur
Zslot et Lazlo.

– Pas des enfants de chœur, a-t-il résumé.

Une expression qu'il a fallu nous expliquer, à Vera et
à moi. Nous, on avait un mot plus direct pour en parler.
Des *« păduchi »*. Des salauds.

– Ces deux types sont les organisateurs d'une des
principales filières de passage des clandestins. Plus

quelques activités annexes : trafic de drogue, d'armes, prostitution, et j'en passe. Sans compter pas mal d'appuis en haut lieu. Personne ne souhaiterait tomber ou retomber entre leurs pattes...

— Donc Ciprian, Vera et leur famille seront en danger s'ils retournent là-bas, a dit madame Baleine. Voire même en danger de mort. Et ça, ça ne suffit pas à ce qu'ils restent ici ?

— Non, a fait Sigismond. Officiellement, il n'y a aucun risque. Ce n'est pas comme s'il y avait une guerre dans leur pays.

Le silence est retombé, seulement troublé par le respirateur.

— Et la maladie de leur mère ?... a suggéré madame Beaux-Yeux. Cette femme est malade. Ça ne peut pas retarder au moins la date d'expulsion ? Nous laisser un peu de temps ?

L'empereur Sigismond a secoué la tête.

— Non. Maladie psychiatrique. Le pronostic vital n'est pas engagé. Ça ne marchera pas.

— Vera est scolarisée, maintenant, a repris madame Baleine. Et elle a un vrai logement chez moi. Ce n'est pas un argument ?... Dans six mois, elle parle français comme vous et moi.

— Non. Elle est mineure, Ciprian aussi. Ils doivent suivre leurs parents.

Depuis le début, José Fil-de-fer n'avait pas dit un mot, le front appuyé contre la fenêtre.

— Alors il reste les échecs, a-t-il dit.

On l'a regardé. Personne ne comprenait où il voulait en venir.

— Vous connaissez la devise des joueurs d'échecs ? « *Gens una sumus* ». C'est du latin, et ça signifie « Nous ne sommes qu'un ». C'est le moment de le prouver.

— Comprends toujours pas, a grogné madame Baleine. Je t'ai connu plus clair.

— Pour l'instant, a repris José, Ciprian n'a participé qu'à un tournoi, c'est entendu, mais je suis sélectionneur depuis assez longtemps pour savoir que, s'il continue à travailler, il a largement le niveau pour faire partie de l'équipe de France junior. Impensable de laisser repartir un joueur comme lui. Même si ce n'est pas très conforme au règlement, je saurai me montrer convaincant auprès de la Fédération. Surtout s'il m'accompagne.

— Et alors ? a demandé Sigismond.

— Et alors ?... Pour être en équipe de France, il faut être français, ou, au minimum, avoir une autorisation de séjour.

— C'est justement là le problème, a grondé madame Baleine. Tu n'as rien compris ou quoi ?

— Des gamins qui parviennent à ce niveau de jeu en aussi peu de temps, on n'a jamais vu ça. On a besoin de joueurs comme lui. S'il reste, tout le monde sera gagnant. On aura un futur champion en réserve et lui pourra progresser dans de bonnes conditions. Il n'y a plus qu'à demander une procédure accélérée pour que Ciprian obtienne une autorisation de séjour... et sa famille avec.

– Yapluka! a singé madame Beaux-Yeux. Et tu penses t'y prendre comment?

La porte de la chambre s'est ouverte.

– Fin des visites, messieurs-dames, a annoncé une infirmière. Je vous demande de bien vouloir quitter la chambre.

– Pas très compliqué, a repris José Fil-de-fer sans lui accorder la moindre attention. Il suffit d'avoir dans ses relations un ancien flic haut placé qui pourrait prendre rendez-vous avec le ministre de l'Intérieur pour appuyer notre demande...

Sigismond a fait pivoter sa chaise roulante en direction de José. Tout le monde le regardait.

58

– Merde de merde ! On va être en retard.

La belle veste du tournoi n'avait servi qu'une fois avant de finir dans l'incendie de la Zone, et, pour l'occasion, madame Baleine m'en avait acheté une nouvelle. Elle faisait de son mieux pour forcer mon bras plâtré à passer dans la manche. Mais rien à faire, ça ne rentrait pas !

Elle s'est finalement emparée d'une paire de ciseaux pour découper la manche. Elle a tenté de rabattre les mèches qui se dressaient sur ma tête et a reculé de quelques pas pour examiner le résultat, essoufflée par l'effort.

– On dira ce qu'on veut, mais tu n'as pas une dégaine à aller causer avec un ministre.

Je n'avais jamais rencontré de ministre, je ne savais pas à quoi il fallait ressembler pour ce genre d'occasion. Une chose était sûre, c'est que madame Baleine avait une drôle d'allure. Sa robe incroyablement large (pour «masquer mes rondeurs», disait-elle) flottait autour d'elle comme un étendard, et l'énorme collier qui serpentait entre les bourrelets de sa poitrine cliquetait à chaque pas.

On a retrouvé les autres devant le ministère.

Sigismond portait son nœud papillon des grands jours et José Fil-de-fer était semblable à lui-même : jean râpé, col roulé flasque et sac à dos informe. Madame Beaux-Yeux l'a examiné de la tête aux pieds.

– Mon Dieu ! José ! Tes chaussettes !

Il a jeté un coup d'œil vers le bas de sa personne. À droite, une chaussette rouge ; à gauche, une bleue.

Il a haussé les épaules.

– Le monde est mal fait ! Avec trois pieds, j'aurais pu faire bleu, blanc, rouge. Cela dit, si le ministre s'intéresse plus à la couleur de mes chaussettes qu'à ce qu'on lui dira, il faut qu'il change de boulot !

Un flic en uniforme de carnaval a vérifié nos papiers. Sauf que moi, à l'exception des 2 949 pages de Robert-le-dictionnaire que je portais sous mon bras valide, des papiers, je n'en avais pas. Sigismond avait à la place une sorte de laissez-passer que le garde a examiné comme s'il allait lui exploser à la figure avant de nous laisser entrer.

Le ministère ressemblait à un palais, avec des plafonds dorés, des lustres ruisselants de lumière et des tapis partout. Des gens habillés en noir et blanc, comme des manchots, ne cessaient de passer et de repasser. L'un d'eux nous a fait entrer dans un « salon d'attente » en s'inclinant légèrement.

En habitué, Sigismond s'est installé dans le plus large des fauteuils, dont les ressorts ont protesté. José a sorti de son sac un journal fripé tandis que j'ouvrais Robert-le-dictionnaire, que j'avais abandonné depuis une éternité.

Lettre « H » : « hallier », « havresac », « hélicon »... Madame Baleine haletait en chassant des poussières imaginaires sur les pans de ma veste.

— Il fait une chaleur à mourir, ici, a-t-elle murmuré en s'éventant avec un journal.

La porte s'est ouverte, un manchot est apparu.

— Monsieur le préfet ? a-t-il demandé à Sigismond sans nous accorder le moindre regard. Monsieur le ministre vous attend.

Sigismond s'est extrait de son fauteuil. J'ai refermé Robert-le-dictionnaire. Page 1253 (« héliograveur »). J'aurais tout donné pour aller aux toilettes, mais c'était trop tard : nous entrions à la queue leu leu dans le bureau du ministre.

— Monsieur le préfet ! a fait le ministre en serrant à deux mains celle que lui tendait Sigismond. Que me vaut le plaisir ?...

— Voilà des mois que je ne suis plus préfet, monsieur le ministre. Je suis redevenu monsieur Lempereur, simple retraité.

— Mais de préfet à empereur, il s'agit d'une véritable promotion ! N'est-ce pas ?

Le ministre a laissé échapper un rire, ravi de sa blague.

Sigismond nous a présentés un à un et le ministre nous a regardés curieusement lorsque notre tour est venu, à Robert-le-dictionnaire et moi.

— Alors ?... Quel bon vent vous amène, monsieur le préfet ? Je n'ai malheureusement que peu de temps à vous consacrer. Mais vous savez déjà que je ne peux rien vous refuser, n'est-ce pas...

— Alors votre générosité ne sera pas déçue, monsieur le ministre, a souri Sigismond.

Il lui a rapidement présenté la situation, en omettant soigneusement de parler de Dimetriu et des soupçons qui pesaient sur Daddu.

— C'est que... Vous n'êtes pas sans savoir que nous venons de renforcer la législation concernant le séjour des étrangers en France. La situation est très tendue, et vous, là, n'est-ce pas... Très délicat...

— Le talent de Ciprian contribuera au rayonnement de notre pays, monsieur le ministre, mais pour cela, bien sûr, il faut que vous lui accordiez cette...

— Je vois, je vois !

Il a jeté un coup d'œil à mes cheveux en pétard, mon bras cassé, ma veste à une manche et mon envie de faire pipi. Je serrais Robert-le-dictionnaire de toutes mes forces. Le ministre ne semblait pas franchement convaincu que ce freluquet ébouriffé pouvait « contribuer au rayonnement » de quoi que ce soit.

Il a soupiré en se tournant vers José. Ses yeux se sont attardés un instant sur ses chaussettes.

— Et vous, monsieur... Euh, monsieur... Quel est votre avis, n'est-ce pas ? Votre petit protégé est-il vraiment de la graine de champion ?...

— Non, a fait José, absolument pas.

On l'a regardé, les yeux écarquillés de stupeur.

— Non, a repris José. Il n'est pas de la graine de champion. À son niveau, et à condition que vous lui en donniez la possibilité, il est déjà un champion.

Il s'est penché en avant, les doigts des deux mains joints un à un, comme pour expliquer quelque chose de particulièrement important.

— Monsieur le ministre, que ça nous plaise ou non, Ciprian est mille fois plus intelligent que vous et moi réunis. Il a compris les principales règles des échecs rien qu'en nous regardant jouer, a appris à lire en quelques semaines et connaît certainement plus de mots que nous tous dans cette salle… Notre réussite sera qu'il réussisse. Mais pour cela, il faut lui en donner l'occasion.

Le ministre a regardé sa montre et s'est levé.

— Bien. Naturellement, ce jeune homme, s'il est un champion d'échecs, mérite que son cas soit examiné avec la plus grande attention, n'est-ce pas… Je vais y réfléchir et vous ferai rapidement part de ma décision. Je m'éclipse. Une réunion importante, n'est-ce pas.

Sigismond n'a pas bougé d'un pouce. Madame Baleine et José non plus. Moi, je me tortillais sur mon fauteuil.

— Il y a urgence, monsieur le ministre, a doucement insisté Sigismond. Plus tard, ce sera trop tard.

Le ministre a cligné des yeux, comme gêné par une poussière.

— Vous voudriez que… là ?… maintenant ?…

Sigismond a hoché la tête en souriant. Le ministre a soupiré.

– Je suppose que je peux vous faire confiance, monsieur le préfet?...

– C'est surtout en Ciprian que vous pouvez avoir confiance, monsieur le ministre.

Il m'a de nouveau examiné de la tête aux pieds. Malgré mon envie de faire pipi, je lui ai adressé mon plus beau sourire.

– Alors je demande à mon chef de cabinet de s'en occuper dès aujourd'hui, n'est-ce pas...

– Je vous remercie du fond du cœur, a fait Sigismond. Cependant, si ce n'est pas abuser, auriez-vous l'amabilité de laisser à Ciprian une trace écrite de votre décision, monsieur le ministre?

– Besoin de preuves, n'est-ce pas? a fait le ministre en se rasseyant.

– Un vieux réflexe de policier, monsieur le ministre.

Le ministre a gribouillé quelques mots sur un papier à en-tête du ministère avant de tendre la feuille à Sigismond qui, à son tour, me l'a tendue. Des pattes de mouche que j'ai aussitôt renoncé à déchiffrer. Mon oreille sifflait doucement, comme pour me rappeler à la réalité.

– Bien, a fait le ministre en se relevant, cette fois, tout est clair, n'est-ce pas?...

– Presque, monsieur le ministre, a enchaîné madame Beaux-Yeux.

Le ministre l'a regardée comme s'il venait de découvrir sa présence.

– Pardonnez-moi, a-t-elle fait, mais il reste un détail, monsieur le ministre. Ciprian n'est pas seul. Il a des parents, une sœur, et son talent a besoin de tout son entourage familial pour s'épanouir.

– Vous voulez dire que... pour toute sa famille?...

Il ne quittait pas madame Beaux-Yeux du regard, troublé par ses yeux couleur de ciel avant la neige.

– C'est exactement ce que je veux dire, monsieur le ministre.

– Ce jeune homme a un véritable fan-club! a-t-il fait en se rasseyant. Donnez-moi les noms...

Et il a de nouveau griffonné quelques lignes sur un papier.

– Vous me pardonnerez, a-t-il fait, mais cette fois... Les responsabilités, n'est-ce pas...

Je ne sais pas s'il avait réellement un rendez-vous, mais ce qui est sûr, c'est qu'il était comme moi : il avait envie de faire pipi. On s'est retrouvés côte à côte dans les toilettes du ministère, tellement brillantes, propres et parfumées que je me suis demandé si je ne m'étais pas trompé d'endroit. Il a sursauté, surpris de me voir là.

– Ah, a-t-il soupiré, Adrian, si seulement je pouvais avoir des collaborateurs aussi efficaces que les tiens. N'est-ce pas...

– Ciprian, ai-je corrigé.

Mais le ministre était déjà reparti.

59

Il était joli, l'hôpital de m'man. Des allées, de la pelouse, des arbres, les dernières fleurs de l'automne, et même un bassin avec des poissons et des gens qui les regardaient, assis sur des bancs.

Chambre 116. Vue sur jardin. On a poussé la porte. M'man ressemblait à un fantôme, blanche, vaporeuse, et si maigre qu'elle paraissait flotter entre ses draps. Elle nous a regardés, Vera et moi, l'œil vide. Le même regard que les poissons du bassin. Elle a eu un vague geste de la main, comme pour nous chasser de son cauchemar, et j'ai eu envie de m'enfuir à toutes jambes.

– Je suis si fatiguée, a-t-elle murmuré, si fatiguée…

Même sa voix ne lui ressemblait plus. Elle a laissé sa tête retomber sur l'oreiller, les yeux mi-clos. « Une unique visite », avait autorisé le médecin. Une visite de trop. M'man était ailleurs, égarée dans son monde. Elle ne voulait plus nous voir, ni même savoir qu'on était là. Tout ce qu'elle voulait, m'man, c'était dormir. Comme une pierre. Quinze, seize, vingt heures par jour. Les médecins appelaient ça une « cure de sommeil ». Ils la bourraient de médicaments qui la plongeaient dans une torpeur de conte de fées. C'était, paraît-il, la bonne façon de la soigner. Mais, à vrai dire, personne n'en savait rien.

Côté Daddu, ce n'était pas beaucoup mieux. Les experts n'étaient toujours pas d'accord. Pour certains, c'était bien son couteau qui avait infligé ses blessures à Karoly, pour d'autres, non. En attendant, le juge avait décidé qu'il resterait en prison. Prison « préventive », ça s'appelait.

M'man s'est endormie comme une pierre. Avec Vera, on l'a regardée un moment, sans savoir quoi faire de nous.

– Allez, les enfants, a grommelé la voix un peu rauque de madame Baleine. Je vous ramène.

Il pleuvait des cordes. On a traversé le parking en courant, y compris madame Baleine qui s'est écroulée sur le siège du Volkswagen en portant la main à sa poitrine. Hors d'haleine, elle est restée un moment les yeux fermés, à tenter de calmer le grand bazar de sa respiration.

– Quand on dépasse le quintal, a-t-elle murmuré, on ne court plus comme une jeune fille… Je devrais le savoir. Laissez-moi cinq minutes. Je récupère…

Elle a fini par rouvrir les yeux et mettre le contact.

– Voilà, a-t-elle fait avec un sourire un peu forcé. La baleine est réparée.

Elle a pris à gauche en sortant du parking de l'hôpital. Au bout de quelques minutes, il m'a semblé reconnaître le paysage.

– C'était par là, hein ?

Madame Baleine a acquiescé.

– On peut repasser devant ? Juste un moment…

– Tu es sûr ?… Vera aussi ?

On a l'un et l'autre hoché la tête.

Pendant plusieurs minutes, le Volkswagen a roulé en silence. Le battement des essuie-glaces rythmait le temps et la banlieue défilait. De plus en plus moche à mesure qu'on avançait. Les barres d'immeubles ont subitement laissé place à rien. De grands terrains boueux envahis d'herbes et de carcasses de voitures délabrées.

Madame Baleine a freiné devant le chemin qui menait à la Zone. Les pluies l'avaient transformé en une flaque de boue géante. Elle s'y est engagée. Le Volkswagen glissait comme une savonnette.

– Saloperie ! a grondé madame Baleine. Je vous préviens, les cocos, si on s'embourbe, c'est vous qui poussez. C'est plus de mon âge, ces bêtises-là, d'autant que…

Elle s'est subitement tue et a coupé le moteur devant les décombres du bidonville. Des débris de bois calcinés, luisants de pluie, des tôles tordues par la chaleur, la boue, la terre noirâtre et détrempée, le grondement lancinant de l'autoroute… Une odeur tenace de brûlé flottait encore dans l'air. On avait habité là pendant des mois.

Vera et moi sommes descendus sous la pluie battante. Il ne restait rien de notre cabane. Tout était parti en fumée, et je pleurais sans savoir pourquoi. Y avait pourtant rien à regretter de notre vie d'ici. Vera me serrait la main, elle avait aussi le visage trempé. Plus tard, elle m'a dit que c'était à cause de la pluie et que je n'étais qu'un abruti sentimental. Je n'étais pas sûr de la croire.

Nos vies étaient définitivement coupées en deux. D'un côté, rien que des amoncellements de nuages : le grand sommeil de m'man, la prison de Daddu, et l'évaporation de Dimetriu… Mais de l'autre côté, il y avait l'empereur Sigismond, madame Baleine, José Fil-de-fer et le regard si clair de madame Beaux-Yeux… Depuis que nos titres de séjour étaient arrivés, quelques jours après notre entrevue avec le ministre, leurs pouvoirs cumulés nous semblaient infinis.

Le surlendemain, Vera et moi avions une place dans un internat. Une vraie maison, avec un vrai toit, un vrai lit, une vraie douche… Et même du chauffage. Je me collais tous les soirs au radiateur, la chaleur montait en moi, m'inondait. Un luxe invraisemblable ! La seule condition était que Vera continue d'aller dans la classe de madame Beaux-Yeux. Moi, j'étais inscrit au collège d'à côté avec deux demi-journées « aménagées » pour mon entraînement aux échecs.

« Obcomréjouga », murmurait José avant chaque tournoi. La plupart du temps – pas toujours – je gagnais. Peut-être juste pour le plaisir de voir pétiller les yeux couleur de nuage de madame Beaux-Yeux.

Madame Baleine s'est arrêtée devant l'internat.

— À demain, les enfants. Si on est encore en vie…

Elle nous a souri et on est descendus sous la pluie.

— Attendez! a-t-elle crié au moment où l'on poussait la porte de l'internat.

Elle nous a rejoints en soufflant comme un phoque et nous a serrés contre elle à nous étouffer.

— Je compte sur vous, les enfants! a-t-elle fait.

Sa voix tremblotait. Ce grand élan de tendresse, ce n'était pas son genre.

Ça aurait dû me mettre la puce à l'oreille.

60

Le lendemain, en plein cours de maths, le principal est venu me chercher. Pas bon, ça ! Les autres m'ont regardé quitter la classe comme ils auraient regardé un condamné à mort partir pour la chaise électrique.

On a enfilé les couloirs jusqu'à son bureau sans un mot. Je n'osais rien demander. L'empereur Sigismond m'y attendait, les yeux rougis. Jamais son nœud papillon n'avait été autant de traviole.

Il n'a pas eu besoin de parler, rien qu'à le voir, j'ai compris. Et rien qu'à me regarder, il a compris que j'avais compris. Je me suis précipité contre lui et on a pleuré ensemble.

Même les baleines peuvent mourir.

Tout le bastringue de mon oreille s'est déclenché d'un coup. Un vacarme vertigineux. Je me suis recroquevillé, les mains plaquées sur les oreilles, tandis que Sigismond faisait signe au principal de ne pas s'inquiéter. C'était normal. Si on peut dire…

Martha Kolenkova s'était échouée chez elle la veille au soir, quelques heures après nous avoir déposés au pensionnat, Vera et moi. On l'avait retrouvée simplement étendue sur son lit. À côté d'elle, sur son échiquier, elle avait laissé un mot : « Pour Ciprian. Sois heureux. » Une écriture un peu tremblée.

Son enterrement n'a pas été triste. Il a fallu s'y mettre à huit pour porter son cercueil, quatre de chaque côté. Un drôle de défilé qui l'aurait certainement fait rire. Il y avait le patron et le serveur du bar dans lequel elle se réfugiait quand il pleuvait trop sur les jardins du *Lusquembourg*, l'énorme empereur Sigismond, la belle madame Beaux-Yeux, Vera et sa robe rouge, l'immense José qui devait se baisser et moi presque sur la pointe des pieds.

Ça ne fait que sept.

Le huitième, c'était Daddu.

Par l'un de ces superpouvoirs dont il avait le secret, l'empereur Sigismond lui avait obtenu une autorisation de sortie de prison pour le temps de l'enterrement. Du coup, on ne savait plus si on devait pleurer l'échouage de madame Baleine ou rire de revoir Daddu pour quelques heures. On a fait les deux.

On s'est ensuite retrouvés dans l'appartement de madame Baleine.

— Martha aurait aimé qu'on fasse la fête, a assuré Sigismond en débouchant l'une des bouteilles de vieux rhum de la réserve de sa vieille amie.

Daddu ne disait pas grand-chose. Juste qu'en prison il avait de l'électricité et la télé, mais qu'il avait surtout une terrible envie de respirer la pluie, le froid, le vent… Qu'il n'en pouvait plus de tourner comme un ours en cage.

— Et je sais de quoi je parle, a-t-il ajouté.

J'ai pleuré quand il nous a quittés pour rejoindre sa prison. Et repleuré un peu plus tard. Quand je me suis aperçu que madame Beaux-Yeux et José se tenaient par la main. Comment avais-je pu ne pas voir ce qui me crevait les yeux ? « Sois heureux », m'avait écrit madame Baleine. C'était son testament et je n'avais pas le droit de l'oublier. J'ai adressé mon plus beau sourire mouillé de larmes à madame Beaux-Yeux qui m'a effleuré l'épaule. J'ai fermé les paupières pour mieux m'emplir de son parfum. De toute façon, elle était trop vieille pour moi.

— Tu es vraiment un extraterrestre, m'a dit Vera le soir même. Tu remarques ce que personne ne voit sur un échiquier, mais tu passes complètement à côté de ce qui est évident.

Plus tard, j'ai appris que Louise Beaux-Yeux et José Fil-de-fer vivaient ensemble depuis plus de quinze ans !

Le soir tombait. On a fait une partie d'échecs en l'honneur de Martha Kolenkova, et je suis rentré avec Vera tandis que José et madame Beaux-Yeux raccompagnaient chez lui l'empereur Sigismond qui tanguait un peu.

61

Quelques jours plus tard, alors que, pour la millième fois, José me faisait travailler des stratégies d'ouverture du jeu, son téléphone a sonné. Ce n'était pas dans ses habitudes. «Règle n° 1 des échecs, Ciprian, le silence!» Il a disparu dans le couloir pour en revenir quelques instants plus tard, sourire aux lèvres.

— Il y a un forfait dans l'équipe junior, Ciprian. Les responsables de la fédération viennent de décider que tu participerais aux prochains championnats d'Europe junior. On a trois semaines pour fignoler ta préparation.

Je suis resté sans voix. José souriait toujours.

— Ce n'est pas tout a-t-il poursuivi. Devine où ils ont lieu, ces championnats?

— Quelque part sur terre, j'imagine…

— À Măgurodna. Mă – gu – rod – na! a-t-il répété en détachant les syllabes. Ça ne te dit rien, ce nom-là?

— Rien du tout.

— Mais c'est chez toi, Cip! Dans ton pays!

Mon oreille gauche s'est immédiatement mise à siffler.

– D'abord, tu prononces comme un pied. Personne ne dit « Magurodna », ça se prononce « *Meugourodna* ». Mais surtout, « chez moi », je ne sais pas où c'est. Parfois ici, et d'autres fois là-bas. Ça dépend. Je suis deux. Quand je vois Daddu au parloir, je suis de là-bas. Mais quand je joue aux échecs, je suis d'ici.

– C'est quand même le pays où tu es né, non ?

– C'est toi qui le dis ! Même mes parents ne savent pas où je suis né ! Tout ce qui est sûr, c'est que mon père s'est battu la veille de ma naissance avec des gens qui voulaient nous chasser alors que m'man allait accoucher. Nous sommes les fils du vent et le monde est notre maison. Daddu passe son temps à le répéter.

José a sorti son smartphone, il a tapé « Măgurodna » et m'a tendu l'écran.

– Tiens ! Regarde.

Google Maps. Une ville de montagne, à côté d'un lac dont le nom me rappelait vaguement quelque chose. Mais peut-être que j'inventais. Se pouvait-il qu'on soit passé par là à l'époque où on s'entassait à six dans notre vieille Mică ?

Du bout des doigts, j'ai dézoomé. De nouveaux noms de villes et de villages sont apparus sur l'écran. L'un d'eux m'a soudain sauté aux yeux, le smartphone de José a failli m'échapper des mains et toutes les alarmes de mon oreille se sont déclenchées d'un coup. Alerte générale !

Tămăsciu ! Tămăsciu n'était qu'à une poignée de kilomètres de la ville où avaient lieu les championnats !

En un instant, j'ai revu Mammada, la neige, mon père, torse nu, agrippé à la fourrure de Găman, et notre voiture en flammes… Je me suis mordu les lèvres.

— Qu'est-ce qui t'arrive ?

Les poings pressés contre mes tempes pour tenter de calmer la tempête qui venait de se lever sous mon crâne, j'ai articulé.

— Rien. Rien de grave ! C'est juste que… Je suis deux, je t'ai dit. Un d'ici, et un de là-bas. Et l'autre vient de se réveiller !

62

Le soir même, alors que je revenais à l'internat, quelqu'un m'a appelé dans la rue.

— Ciprian…

Dans la pénombre, une voix chuchotait mon nom. J'avais appris à me méfier des zones d'ombre. J'ai hésité.

— Ciprian… a repris la voix.

Elle me rappelait vaguement quelque chose. Je me suis approché.

— Razvan !

Il portait le même petit chapeau ridicule qu'à l'époque de la Zone, les mêmes vêtements crasseux.

— Ton père est en prison. Y a pas longtemps que je le sais. C'est à cause de Karoly, hein ?… Ils croient que c'est lui qui l'a…

Il m'a tendu un objet long, enveloppé dans un journal.

— Tiens. Donne ça au gros flic. Ça suffira. Ils seront obligés de libérer Lazar.

— C'est ton couteau ?

Razvan a hoché la tête.

— J'ai l'impression de trahir tous mes ancêtres en le donnant, mais je peux pas abandonner ton père.

— Alors, pour Karoly… c'est toi qui l'as… ?

— Tu vas à l'école des gadjé, Ciprian. C'est peut-être bien, ou peut-être pas. J'en sais rien. Mais n'oublie jamais que tu es un Ursari. Karoly était bien plus dangereux qu'un ours, et les couteaux ont toujours été là pour nous protéger. Ils ont fait leur travail, cette nuit-là comme en d'autres occasions. Que ce soit ton père, moi ou n'importe qui n'y change rien. Salue Lazar de ma part quand tu le verras.

Razvan s'est éloigné. Je lui ai couru après.

— Attends ! Razvan ! Les flics vont me demander d'où je sors ce couteau. Qu'est-ce que je dis ?

Il ne s'est même pas retourné.

J'avais toujours dans la poche le vieux portable que Sigismond m'avait confié à l'hôpital. Je l'ai appelé ; il a aussitôt déboulé, suant et soufflant comme au cœur de l'été. Ça a été sa première question.

— Qui te l'a donné, Ciprian ?

— Sais pas. J'ai juste entendu une voix m'appeler. Il faisait nuit, on n'y voyait rien. Quand je me suis approché, il n'y avait personne. Rien que ce paquet par terre. Le couteau…

— Ça, c'est ce que tu raconteras aux flics, a soupiré Sigismond. Mais je ne suis plus flic, Ciprian. Ce que je veux, c'est la vérité. Tu sais que tu peux avoir confiance.

— Oui. Mais je sais aussi que je suis un Ursari. Il y a

des choses que les gens d'ici ne peuvent pas comprendre.

— Même l'empereur Sigismond?

— Même lui.

*
* *

Juste avant notre départ pour Măgurodna, Sigismond a tenu à «faire le point», comme il disait. Les experts étaient formels : les blessures de Karoly correspondaient bien au couteau de Razvan, mais il avait été soigneusement nettoyé et les rares empreintes étaient inutilisables. J'étais le seul à savoir à qui il appartenait. Mais qui le tenait en main au moment où Karoly était mort? Daddu? Razvan? Un autre?... Mystère! Daddu restait muet, et le juge avait décidé de prolonger sa «détention préventive».

63

J'étais prévenu : le temps d'un championnat, on ne parle que d'échecs.

Estelle, Noah, Simon, Laura, Hakim... Les autres membres de l'équipe avaient tous plus ou moins mon âge et nous étions logés dans un hôtel qui donnait sur la forêt. Deux par chambre. Je partageais la mienne avec Noah, un garçon qui semblait n'avoir que deux raisons de vivre : les échecs et les jeux vidéo. Il passait de l'un à l'autre sans se soucier de rien d'autre, et surtout pas de moi. Moi, j'avais les bouquins dont madame Beaux-Yeux m'avait fourni une cargaison complète et Robert-le-dictionnaire. J'étais arrivé au début de lettre «L» («laize», «lamanage», «lamie»...).

— Vous êtes des sportifs de haut niveau, affirmait José. Ne l'oubliez pas !

Régime sportif. Le matin : jogging, jeux d'équipe, et même piscine : un supplice pour moi qui ne savais pas nager ! L'après-midi était consacré au tournoi, dans une immense salle où régnait un silence religieux. Tout se jouait en onze rondes, à raison d'une par jour. Les joueurs venaient du monde entier, Kazakhstan, Chine, Corée, Australie, Argentine… Et les parties pouvaient durer quatre, cinq heures. On en ressortait à bout de forces, affamés comme des loups. Aussi exténués que si l'on avait passé la journée à escalader les sommets qui nous environnaient.

Chaque soir, José faisait son « rapport ». Chacun de nous avait droit à son petit mot* qu'il nous lisait avant de l'envoyer à la fédération.

– *Dès l'ouverture, Estelle a pris un solide avantage et l'initiative. Contre sa très forte adversaire, elle a joué comme une professionnelle et n'a pas laissé de terrain. Le nul est conclu dans une position fermée. Un très bon résultat.*

– *Surpris dans l'ouverture, Noah se retrouve rapidement sous pression. Il met toute son énergie et pousse finalement son adversaire à commettre plusieurs imprécisions qui équilibrent les débats. La finale de la partie n'aurait pu être qu'une formalité, mais Noah a enchaîné les fautes et perd sans lutter. Dommage.*

– *Opposé à un Américain très bien placé, Ciprian égalise en douceur avant de prendre petit à petit le dessus. Une gaffe tactique de son adversaire lui permettra finalement de l'emporter. Belle partie !*

Chaque jour, José décernait le « prix de la meilleure partie » et veillait à ce que son équipe se couche tôt. « Vous êtes des sportifs de haut niveau. Ne l'oubliez pas ! »

---

* Les commentaires sont en grande partie repris de ceux de Jacques Mathis aux championnats d'échecs jeunes de Porto Carras en 2015 (http://jeunes.ffechecs/fr/Les-petits-bleus-face-au-monde.html).

On ne risquait pas ! Il le répétait vingt fois par jour.

Mais à peine avait-il tourné le dos que Noah sortait sa Nintendo et jouait dans l'obscurité, casque sur les oreilles. Parfois si tard qu'il s'endormait sur son écran. Moi, j'entrouvrais la fenêtre et me glissais dehors. Il faisait un froid de loup et la forêt était toute proche. Je guettais le moindre bruit, le moindre mouvement. Les ours ne voient pas grand-chose, mais ils repèrent les odeurs à des kilomètres. Tămăsciu n'était qu'à une ou deux vallées d'ici. Se pouvait-il que Găman ait senti ma présence ? Allait-il débouler d'une seconde à l'autre ?… Rien ne se passait et je finissais par me jeter sur mon lit, frigorifié.

*
* *

Vera et madame Beaux-Yeux nous ont rejoints le vendredi, en fin d'après-midi, alors que je venais de remporter un point contre un joueur palestinien. Nous étions deux, Estelle et moi, à avoir 6 points sur 7, et l'équipe se tirait plutôt bien des premières journées du tournoi.

Le championnat faisait une pause le samedi avant d'attaquer les quatre dernières journées, et José avait loué une voiture qui nous attendait dans la cour de l'hôtel. Direction Tămăsciu.

Qu'allait-on y retrouver ? Les images se bousculaient dans ma tête. Daddu, m'man, Dimetriu, Mammada, Găman, notre vieille caravane… Mon oreille se mettait à tinter dès que j'y pensais.

64

Tămăsciu. La ville a surgi au détour d'un virage. Aussi grise que dans mon souvenir. Vera et moi regardions de tous nos yeux, serrés l'un contre l'autre sur les sièges arrière.

C'était jour de marché, il y avait foule. Aux abords de la place principale, des hommes distribuaient des tracts, tous portaient le brassard à croix noire des militants de la Ligue nationaliste. Ils nous ont regardés bizarrement. Ils nous avaient oubliés depuis longtemps, Vera et moi, mais ce qui les étonnait, c'est qu'un couple aussi « blanc » que José et madame Beaux-Yeux puisse avoir deux enfants comme nous. Des basanés qui ressemblaient à ceux qu'ils détestaient tant. Un truc pareil, ça ne rentrait pas dans leurs cases.

À quelques pas de là, le gros charcutier vendait son lard. Son regard nous a accrochés dès qu'on s'est approchés de son étal. Lui non plus ne nous a pas reconnus, mais là encore, la « famille » qu'on formait avec madame Beaux-Yeux et José ne collait pas avec ses convictions. Son tablier était toujours aussi sanguinolent, et au fond de son étal il avait agrafé le drapeau à croix noire des nationalistes. Avec ses petits yeux enfouis dans sa graisse, ce type avait été à l'origine de tout ce qui nous était arrivé.

Madame Beaux-Yeux a voulu lui acheter un « souvenir qui se mange », des tranches de jambon de montagne, un saucisson, ou je ne sais quoi. Je l'ai retenue par la manche.

– Pas ici ! Un sale type ne peut pas faire de la bonne cuisine et celui-ci est le pire de tous. Un jour, je te raconterai l'autre versant de notre vie, à Vera et à moi.

On est passés devant l'arbre où j'avais attaché Găman. Daddu s'était battu là, et Vera y avait dansé et chanté sous la neige. Elle ne me lâchait pas la main et scrutait les visages, à la recherche de Dimetriu. Elle ne m'en avait rien dit, mais je le savais. Je faisais la même chose.

On a repris la voiture. Je me souvenais du chemin. On a passé les aciéries, quitté la ville. La route grimpait dur, pleine de bosses et de nids-de-poule.

– C'est là, a soudain fait Vera.

José s'est arrêté. Un sifflement aigu m'a immédiatement envahi l'oreille, comme si je venais de pénétrer en zone interdite.

On a regardé autour de nous. D'un côté, des champs détrempés, de l'autre, la forêt qui escaladait les pentes. Tout au fond de la vallée, Tămăsciu se recroquevillait dans la brume. Un chemin bourbeux s'enfonçait sous les arbres. C'était là que Mică avait rendu l'âme. Là qu'on avait laissé Mammada.

Du bout du pied, j'ai écarté quelques feuilles mortes.

Il ne restait rien. Que les arbres dénudés et la boue du chemin. La caravane et les débris calcinés de Mică semblaient s'être dissous au fil des mois, de la neige et des pluies. Qu'était devenue Mammada ?... Vera pleurait. Un peu en retrait, José et madame Beaux-Yeux nous regardaient en silence.

Une petite bruine nous a soudain enveloppés, fine comme de la cendre. En quelques instants, Tămăsciu a disparu au fond la vallée. Il n'est plus resté que nous et le minuscule bruissement de l'eau sur les branches.

– On va peut-être redescendre, a murmuré madame Beaux-Yeux en frissonnant.

On a repris la direction de la vallée, la Dacia cahotait sur les cailloux du chemin.

– Là ! Un ours ! s'est soudain écriée madame Beaux-Yeux.

Elle pointait du doigt les premiers arbres de la forêt. À quelques mètres de la route. Nous, on n'avait rien vu.

– Tu es sûre ? a demandé José.

Vera et moi étions déjà dehors.

– Revenez ! a-t-il crié. C'est dangereux !

Avec Vera, on s'est enfoncés sous les arbres, attentifs aux moindres bruits.

– Găman, appelait-elle doucement. Găman, c'est nous... Viens, mon gros !

Rien. La bruine, le souffle imperceptible de la forêt... Et soudain, à quelques pas de nous, une ombre a surgi et s'est enfuie dans un grondement.

– Găman ! a hurlé Vera.

On n'entendait plus qu'un grand saccage de branches qui s'éloignait.

– C'était lui, hein ? a demandé Vera lorsque le silence est revenu.

Bien sûr que c'était lui.

José et madame Beaux-Yeux nous ont rejoints, terrifiés à l'idée de ce qui aurait pu arriver. Ils ne connaissaient rien de notre vie d'avant, rien aux ours.

Madame Beaux-Yeux a fini par sourire.

Demain, le tournoi reprenait.

J'allais gagner.

Cet ouvrage a été achevé d'imprimer
sur Roto-Page
par l'Imprimerie Floch à Mayenne
en juillet 2016

N° d'impression : 89880
Imprimé en France